见字如面

外国名家经典收藏版

李世强 主编

江苏凤凰文艺出版社
JIANGSU PHOENIX LITERATURE AND ART PUBLISHING, LTD

图书在版编目(CIP)数据

见字如面:外国名家经典收藏版 / 李世强主编. --
南京:江苏凤凰文艺出版社, 2019.4

ISBN 978-7-5594-3267-4

Ⅰ. ①见… Ⅱ. ①李… Ⅲ. ①书信集—世界
Ⅳ. ① I16

中国版本图书馆 CIP数据核字(2019)第 016740号

书　　名	见字如面:外国名家经典收藏版
编　　者	李世强
策划编辑	李　根
责任编辑	袁　媛　刘洲原
出版发行	江苏凤凰文艺出版社
出版社地址	南京市中央路 165号,邮编:210009
出版社网址	http://www.jswenyi.com
印　　刷	北京市昌平新兴胶印厂
开　　本	700×990毫米　1/16
印　　张	15
字　　数	200千字
版　　次	2019年 4月第 1版　2019年 4月第 1次印刷
标准书号	ISBN 978-7-5594-3267-4
定　　价	36.00元

前言

CONTENTS

家书，不仅是维持父子间亲情的信物，同时，也承载着一个家族生生不息的血液文化。家书，记载的既是真实的时代发展，也闪耀着父母给孩子传递的自身感悟与智慧。

很多大家、名门望族、高官达人都给孩子写过家书，在阅读他们遗留下来的家书时，我们发现，他们教导孩子从来都不是询问孩子家长里短的事情，也不是心疼孩子天寒地暖的琐事，更非溺爱般给孩子寄送钱财……而是教导孩子成为一个有教养的人、成为一个能够吃苦耐劳的人、成为一个品德高尚的人、成为一个自强不息的人……可以说，这一封封的家书，不仅是他们留给子女的宝贵财富，同时也是我们每个人的精神食粮，当我们细细品味这些大家在家书中所凝结的人生历练的精华和教导孩子的感悟时，我们自己和我们的子女也会毕生受益。

本书选取了世界上赫赫有名的三位公认的大家——洛克菲勒、查斯特菲尔德和摩根的家书，希望读者能够从这三位人物给自己子女的家书中，读到他们对世界的认识、对人生的感悟和对子女的期许。

洛克菲勒是美国第一个十亿富翁，是全球首富，同时是美国历史上

15 大富豪排行榜榜首，公认的人类近代史首富。而他一手打造的商业帝国——洛克菲勒财团，至今仍位居全美十大财团之首。

时至今日，约翰 · D · 洛克菲勒仍旧是美国年轻人心中的成功领袖和财富榜样。而沉默寡言、神秘莫测、一生都在各种不同的角色和层层神话的掩饰下度过的洛克菲勒，并没有为他的成功哲学著书立传。他不想每个人都有可能成为他的家族的强劲对手。然而，这个“自私”的秘密还是被后人破解：他的财富密码，竟然都隐藏在他给后代家人的书信中。一时间，洛克菲勒的家书成为人们趋之若鹜的追逐对象，同时，成为了人们心目中的成功宝典，被认为是通往财富的捷径。

功成名就的约翰 · D · 洛克菲勒给儿子约翰写了很多家书，包含他对儿子的谆谆教诲，可以说，浓缩了他传奇的一生中关于成功及财富理念的所有精华。

18 世纪中期，担任英国爱尔兰总督、国务大臣的查斯特菲尔德伯爵是一个名声显赫的人物。他是一个成功的外交家、政治家、文学家，就读于著名的剑桥大学，曾游学整个欧洲大陆。但他的威名并非来自政治成绩，而是他给儿子菲利普 · 斯坦霍普留下的书信。

这些书信从态度、习惯、生活、学习、工作、交际、人生哲理等方面展示了这位伯爵对社会、人生的洞察力和独特的观点，而这些建议和经验到今天依然适用。

近三个世纪以来，查斯特菲尔德伯爵写给儿子的书信风靡世界，成为贵族式教育的典范，被誉为“培养杰出青少年、造就最优秀男子汉的经典教科书”。英国的牛津大学更是将其收入到了“牛津世界经典”系列中，翻译成多国语言，畅销全球，成为世人对孩子进行家教的典范。

约翰 · 皮尔庞特 · 摩根（1837–1912）被后人称为老摩根，也称 J.P. 摩根，被誉为“华尔街的拿破仑”。他曾力挽狂澜，两度拯救了危机中的美国。而其中最为人称道的一次就是 1907 年他在半退休的状态下，几乎以一己之力拯救了美国的金融危机。

老摩根不止在金融业声名显赫，在教育方面也有着卓越的成效。老摩根不管多忙，都会不定期给他的儿子小约翰·皮尔庞特·摩根写信。他的这些写给小约翰的信也被世人视为教育子女的智慧结晶。

老摩根希望小约翰能够继承家族产业，并将其发展壮大。所以他对于小约翰的教育亲力亲为。老摩根通过小约翰生活和工作中的一些事物为引导，教授他工作与做人的道理，逐步让小约翰具备了企业家的能力和精神。

这三位伟大人物给孩子的家书中，凝结了所有优秀的家庭教育的精华。希望各位读者，能够从中读出世态万千和自己的人生感悟，也感受到不管是多么大的人物，对于子女的爱都是相同的。只不过，有的人选择溺爱，有的人选择教诲。

希望本书的出版，能够勾起读者对于家书的记忆，更希望在这个信息化的时代，能够重新拿起纸笔，记录下亲情、友情、爱情，用这种最传统的方式，传递彼此间浓浓的深意。

目　录 >>>>

每个伟人，都有着永不言败的精神

Part 2
查斯特菲尔德的家书：
有“礼”走遍天下
+
085

有礼的人，品德怎会差

珍惜时间的人，才是最富有的人

明白幸福到底是什么

Part1

洛克菲勒的家书：

每个人都是独一无二的

人物介绍：约翰·D·洛克菲勒（1839-1937），美国的石油大王，洛克菲勒财团的创始人。

根据《福布斯》杂志的评估，如果约翰·D·洛克菲勒（1839-1937）还健在的话，那么，他的个人资产将达到3053亿美元，排名世界第一，要比尔·盖茨530亿美元的个人资产高出将近六倍。

洛克菲勒是美国第一个十亿富翁，是全球首富，同时是美国历史上十五大富豪排行榜榜首，公认的人类近代史首富。而他一手打造的商业帝国——洛克菲勒财团，至今仍位居全美十大财团之首。

约翰·D·洛克菲勒出生在美国东北部一个贫困的小村庄，父亲威廉·艾弗里·洛克菲勒是一个乡村的无照医师，靠走街串巷给人看病的微薄收入支撑着一个有着五个子女的家庭艰难度日。洛克菲勒，是五个子女中最大的一个。

然而，就是这样一个出身寒微的无名小卒，却最终成为了家喻户晓的石油大王，成就了美国一代财富传奇。这不是偶然，而成就此必然结果的，正是他超凡的经营理念。洛克菲勒虽然不在了，然而，他留给家族后代的除了难以计数的物质财富外，更宝贵的，是他的成功之道。

时至今日，约翰·D·洛克菲勒仍旧是美国年轻人心中的成功领袖和财富榜样。而沉默寡言、神秘莫测、一生都在各种不同角色和层层神话的掩饰下度过的洛克菲勒，并没有为他的成功哲学著书立传。他不想每个人都有可能成为他家族的强劲对手。然而，这个“自私”的秘密还是被后人破解：他的财富密码，竟然都隐藏在他给后代家人的书信中。一时间，洛克菲勒的家书成为人们趋之若鹜的追逐对象，同时，成为了人们心目中的成功宝典，被认为是通往财富的捷径。

功成名就的约翰·D·洛克菲勒给儿子约翰写了很多家书，对于要成功或者已经成功想要更大成功的人来说，这些家书，每一封都是一个锦囊。它几乎涵盖了在通往成功的道路上，你可能遇到或者已经遇到以及将要遇到的所有问题和困惑，提出了行之有效的解决方法。

这些家书同样也能够对望子成龙的父母们起到很好的引航作用，父母们从洛克菲勒的家书中可以看到他对于孩子的教导和希望，找到如何把孩子一步步教育成一位优秀的人才的方法。

成功的双手，永远拥抱着自信的人

你比自己想象的还要伟大

家书原文

亲爱的约翰：

今天是难忘的一天，芝加哥大学的学生让我享受到了别人给予的热烈和爱戴的美妙感受。且把他们这种行为看作是一种对于我建立学校的回报，但是还是让我感觉喜出望外。

其实我最初的想法只不过是想为那些青年人做点什么，希望在我力所能及的帮助之下，能够让他们更好地传承最优秀的文化和建设自己美好的未来。在我投资创立这所大学之前，并没有想过在那里接受圣人般的礼遇。现在我发现，我的目的已经达到，并且我认为这是我一生中最明智的投资之举。

芝加哥大学的学生都对未来有着无限美好的向往，都有着希望成就一番事业的决心。其中有些学生曾对我说，说我是他们的榜样，希望我可以提供给他们一些建议。我答应了他们的请求，并诚恳地告诉他们：成功和一个人的身高、学历、背景等是有关系，但关系都不是太大，一个人能否成功主要看他们的思想和远见。一个人的思想大小决定着他的成就。因此，一个人能否成功主要看他们是否能够看重自己，是否能够克服自卑这个缺点。其实，很多人都比他们自己想象中的要更加伟大，所以，做人一定要将自己的思想扩大到自己真实的程度，绝对不能够看轻自己。

此时雷鸣般的掌声响起，我有些渐入佳境，于是继续说：几千年以来，无数的哲学家利用他们的智慧以及箴言给予我们忠告，告诉我们要认识自己，认清自己。但是大多数人都会用消极的方式去理解这忠告。这表现在只认识自己的消极面，自我了解的错误、缺点、过失等等。当然，了解这些负面的自己固然是一件好事，因为我们可以通过反省谋求改进。可是，如果仅仅认识到这些消极的层面话，无疑也增加了自己的自卑感，使自己陷入混乱。人的思想本身便有着调节控制其各种行为的能力，如果我们自认为比别人差一截，那么很多时候我们做事情的结果往往真的比别人差一截，不管其实际能力高低。

在心理作用的影响之下，有的人自卑感重，感觉自己比不上别人，这种情况之下往往会出现“真”的比不上别人的各种行为，也是没有自信的一种表现。那些自认为“不是很重要的人”，往往到最后真的会成为“无关紧要的人”。

反之，那些相信自己有能力承受重大责任的人，往往在其心理的影响之下，会更加的努力、冷静，并且最终真的能够成为一个“重要的人”。所以，承认自己的能力真的非常重要，只有自己得到自己这种真诚的肯定，别人才会肯定你。

你的思维将会决定你采取的行动，而你采取的行动方式会决定别人对你的看法，这是非常简单的逻辑关系，所以如同你人生的成功计划一样，想要获得别人的尊重其实也没有那么困难。首先你要尊重自己，其次你要知道自己值得别人尊重的地方到底在哪里，这样别人对你的敬意才会由衷而生。

试问：人们会不会尊重一个整天游手好闲的流浪汉？我想答案应该是否定的。因为这些流浪汉压根不懂得自我尊重，那些强烈的自卑心理，只能够让他们自暴自弃，甚至不愿意利用自己的体力去赢取别人的尊重，而这种自我看清的行为便导致了他们的自甘堕落。

所以，一个人的思想观念是人格的核心。你们自己认为是什么样的人，你们就真的会成为什么样的人。

请仔细回想：你们周围的人当中，有没有一些人有想成为重要人物的强烈愿望？无论他的地位、权利是默默无闻还是声名显赫，是文明还是野蛮，是年轻还是年老，无论这个人是你的同学、老师、邻居、朋友或者你自己，全部都有成为重要人物的愿望。当然，这愿望也是人类中最直接的一种目标。

可是大多数人的这个愿望都变成了一种无法实现的美梦，这是什么原因呢？其实在我看来，原因非常简单，就是态度决定了结果。一个人的态度决定了思想和精神的方向，而这方向决定了我们付诸的行动和选择。所以态度具有两面性，他可以成为你梦想的助推器，也可以成为你梦想的绊脚石。

我们就像在水上行舟，虽然不能够左右风向，但是我们可以调整风帆，也就是选择我们的态度。如果我们选择了自己是一个重要的人的积极态度，那么那些消极的因素“我的无能、确定、一文不值等等”的想法便会消失殆尽，取而代之的便是活跃的思维方式，激情四射的状态，以及信心的增强和能力的提升改变。“我能够！我可以！”这样的心态和想法便会占据你的内心，让你面对一切困难。

小伙子们！如果你们中间有一些自卑打算自暴自弃、自欺欺人的“普通人”，我奉劝你们就此停止这愚蠢的想法。要记住：任何时候，我们首先想到和勾选出来的便是自己的优点，也就是我们的资产，无论任何时候都不要自我贬低。在自我询问“我有哪些优点？”的时候绝对不能太客气。

你们要时刻提醒自己，要专注于自己的长处，我比自己想象的要好。要对自己的未来充满期待，把眼光放长远，不要自己把自己局限于现状。要随时自我提问：“那些重要的人物是否会这么做呢？”能够做到这些的话，那么恭喜你，你离成为一个伟大的人物也就不远了。

小伙子们！成功的道路只是一条单行线，这条路上铺满了黄金。而我们需要的，只是拿出乐观积极的态度，这常常被哲学家们命名为“希望”。然而，我认为两者还是有差别的，乐观是一种信念，拥有这种信念的人即使在恶劣的环境之中，也会从中找到突破口，最终达到成功，伴随着的也是乐多苦少的生活方式。

亲爱的约翰，我的即兴演讲虽然只有短短的十几分钟，可是中途八次掌声响起，而这些掌声也给我的思路造成了一定的影响，导致一个重要的观点我没有及时捕捉到，不过最后我想起来了，那便是提高思考能力，这将直接影响行为的水准，能够有更加优秀的发挥。不过我还是非常高兴，因为我的舌头竟然有这么强大的魅力。

爱你的父亲

1897.7.19

家书延伸

没有沙子便没有珍珠，给你一个选择，想做沙子还是珍珠？

相信很多人会说，沙子那么普通，无处不在，随处可见，又是那么卑微；而珍珠比较稀有珍贵，又是那么光鲜、那么高贵，当然选择做珍珠了。世人皆想做珍珠，却很少有人能够真正成为珍珠。

这是因为，沙子变成珍珠要经过很多磨炼，想要从沙子蜕变为珍珠，就要有能在“珠母”分泌物中忍受黑暗的毅力，承受孤独和痛苦的坚强，3年，5年，甚至更长的时间……

每颗珍珠的前身其实就是一粒小小的沙子，但这并不意味着每一粒沙子都能成为夺目的珍珠，想要成为珍珠完全取决于沙子的内心选择。同样，每一个人都有成功的潜力，关键是你内心是否做好了付出的准备、是否能够勇敢地挑战自己。

当一些人被问及最近过得怎样时，他们的回答几乎都是千篇一律："马马虎虎，混口饭吃""能怎样啊，还是小职员一个……"为什么答案总是这么一致？就是因为他们的惰性心理，安于现状不想去迎接新的挑战。

了解了这些后，你要想从"沙子"变成"珍珠"，拥有卓尔不群、鹤立鸡群的资本，就要强化自己的心灵力量，对自己提出超出一般人的期许，不断地挑战自我以迎接随之而来的痛苦、磨难、艰辛等，并且毫无怨言。

没有人生来就拥有一切，也没有人不能够拥有一切。那些对成功怀有强烈的雄心、拥有使自己变得更好的渴望并勇于不断挑战自己的人，才能够激发内在蕴藏的能力，从而比他人更容易获得成功。

老子说："知人者智，自知者明；胜人者有力，自胜者强。"聪明人了解别人，但了解自己的人才是拥有大智慧的人；战胜别人其实不是最强大的，真正强大的人是那些能够战胜自己的人。

家书点睛

强大你的"向心力"，不断挑战自己，相信你一定会从"沙子"变成"珍珠"。即使变不成"珍珠"，你的生活也将不再灰暗，因为每天都有挑战、每天都有期待，这样的生活又怎能不是有活力、有希望的呢？

自我尊重，才会赢得世界的尊重

家书原文

亲爱的约翰：

你与摩根先生谈判时的出色表现完全出乎我和你母亲的意料。真没想到你竟然有勇气同他对抗。众所周知，他一向以盛气凌人著称，而且被称为华尔街最大的钱袋子。然而，你却能够以得体的言辞沉稳地应对，并且能够对对手进行良好的控制，这些都让我们以你为豪。

你在信中告诉我说，摩根先生对你颇为粗鲁，有失礼节，是想故意侮辱你，我想你是对的。事实上，他这是想报复我，让你代替我来受辱。他这次想与我结盟，完全是为了避免我对他所构成的威胁。我相信他与我合作是迫不得已，因为我和他是跑在两条路上的马车。他那副趾高气扬的样子让我感到恶心，我想我肯定也有让他不舒服的地方。不过，摩根的确是一位商界奇才，他很清楚我根本没有将华尔街放在眼里，更不怕他对我的威胁，所以，他要想实现统治美国钢铁行业的野心，就必须和我进行合作，否则他所面临的将是一场极其残酷的商业竞争。

摩根先生是善于思考和勤于行动的人，他知道傲慢和偏见对他前进道路的阻碍。因此为了实现目标必须将其去除。所以，尽管摩根先生不想和我打交道，但他还是问我，是否愿意在标准石油公司的总裁办公室会见他。

在谈判中，能坚持到最后一刻的人一定会受益，所以我告诉摩根："我已经退休了，如果你不介意，我很乐意在家中恭候你的到来。"他真的来了，对他来说，这显然有些屈尊。然而，令他怎么都想象不到的是，当他提出那个具体问题时，我竟然会对他说："摩根先生，对此我很抱歉，我已经退休了。但是如果你愿意，我想我的儿子约翰会很乐意同你谈这笔生意。"傻瓜都看得出来，我是在公然侮辱他。但他克制住了自己然后让我转告你，他希望你能到他的办公室去谈。

报复他人，就是在攻击自己。摩根先生似乎不知道这一道理，结果，为了发泄心头怒火，他反而被你控制住了。但是无论如何，尽管摩根先生对于我对他的公然侮辱耿耿于怀，但他始终没有忘记自己想要达成的目标，对此我很是欣赏。

这是一个浮华的社会，每个人都以自我为中心，尊严对每个人来说都是至关重要的！谁都不愿意受到别人的侮辱。我不知道别人在被侮辱时是怎样的心态。但是，我可以明确地告诉你我的儿子，就算领袖也避免不了别人的诟病和攻击。这样的情况下，我们该怎么面对呢？是针锋相对、恶语相向，还是采取宽容的态度？

或许你还记得，我一直珍藏着一张多人合影，那都是我的中学同学。但是，那里面并没有我，只有那些出生在富裕家庭的孩子。几十年过去了，我依然珍藏着这张合影，更珍藏了拍摄这张合影时的情景。

那是一个美好的下午，老师告诉我们，有一位摄影师要来拍我们上课的照片。我很少照相。对一个穷人家的孩子来说，照相是件很奢侈的事情。当摄影师出现时，我就一直在幻想自己要被摄入镜头的情景——要微笑，尽量自然，要让自己帅帅的……我甚至开始幻想着回家之后如何来把这一喜讯告诉母亲："妈妈，我照相了！是摄影师拍的，棒极了！"

我的眼睛一直兴奋地注视着正在取景的摄影师，希望他可以早点把我装进那个相机里。但是，我失望了。那个摄影师好像是一位唯美主义者，只见他站直了身体，用手指着我对老师说："你能让那个学生离开他的座位吗？他那身衣服实在太寒酸了。"我还是个必须听命于老师的弱小学生，根本没有反抗的力量，因此，为了不影响那些穿戴漂亮整齐的富家子弟们照相，我只能默默地站起来离开。

那一瞬间，我感到羞愧难耐。但我没有发怒，也没有自怨自艾，更没有抱怨自己的出身。其实父母对我已经尽心尽力了，否则我也不能在学校里接受教育。看着那位摄影师为富家子弟拍摄的场面，我紧握着拳头向自己郑重发誓：总有一天，我会成为世界上最富有的人！等我富裕了，我会请世界上最著名的画家为我画像，让摄影师照相又算得了什么！

感谢上帝，如今我已美梦成真！在我眼里，侮辱不再是贬低，也不再是剥掉我尊严的利刃；侮辱已经转化为一股强大的动力，激励我去追求一切美好的东西。如果说那个摄影师把一个穷孩子激励成了世界上最富有的人，似乎一点都不过分。

之于比人，我们每个人都是平等的。人生中，谁都有被赞美被夸赞的时候，同样，谁也都有被攻击和侮辱的时候。在被肯定和被诟病之间，我们是不能左右别人的思想和言论的。我们能做的，是从自身出发。我们为什么被赞美？可能是因为我们自身的某种品质得到了大多数人的认可。而被攻击的时候，我们要想的是可能是我们自身的某种品质还不够完美！在被侮辱时，我们不要看别人其中的恶意，而是要反省自己，把自身的某种不足通过努力进行完善，那么，自己自然会得到提升。如此看来，侮辱并非坏事，只要我们坦然面对，它就会变成我们的动力，从而使我们更加趋于完美！

任何侮辱对我们的尊严都具一定的杀伤力。但是，你要明白，尊严不是上天赐予的，也不是他人给予的。尊严来自于我们每个人自身，是由我们自己所缔造的。尊严是我们内心精神的凝结，是我们每个人独一无二的财富。

儿子，你和你自己的关系，才是所有关系的开始。当你相信自己，并与自己和谐一致时，你就是自己最忠实的伴侣。也只有如此，你才能做到宠辱不惊。

爱你的父亲

1901.2.27

家书延伸

每个人的生命都像是一次旅行。旅途中会遇见很多人，会发生很多事，会有各种各样的磕磕碰碰，也会受伤，也会愈合。谁都要经历痛苦，谁都要面临生命的不完美。

旅途中我们会遇到很多人，有不经意给你伤害的，也有借你肩膀的，但人来人往，谁也不知道下一个路口谁会离开，谁会同行。这段旅程，只有自己一直同行，一刻也不离开。最有力度的爱永远是自己的那一份。

也只有拥有一颗爱自己的心，才有了一份自信的美丽，这份美丽将散发在你经过的每一个角落，感染遇见你的每一个人。也许你不曾发现，那些对你微笑的人，其实是因为感受到了你发自内心的微笑。那便是爱的潜能。

如果，你可以坚持每天对自己微笑，每天和自己对话，做自己的朋友。

倘若，你爱自己，坚定地相信自己，能够做到坚毅勇敢。

你一定能成为世界上最幸福的人。

家书点睛

一个无法爱自己的人，他的人生必定黯淡又苦闷。如果别人无法在这个人的心灵找到光明的入口，又怎么会花尽心思去点亮一盏永远不可能发光的灯？一个无法爱自己的人注定要感受周而复始的孤独，更不可能明白如何去爱别人。

命运的好坏，不是取决于是否含着金钥匙

家书原文

亲爱的约翰：

我不能永远陪伴着你，做你永远的船长，虽然是一个美好的向往。你为此有所担忧，也许是还没有准备好独自前行。上帝恩赐给我们的一切，我们要善加利用。摆在你面前的是人生的五味大餐，至于如何享用，完全取决于你自己。你的生活的起点，就是我所熟悉和置身其中的商业界，所以我只能告诉你，这里充满了无数的超越和挑战，你将慢慢体会到其中的奥妙，并且独自迎接你不曾迎接过的人生的洗礼。

你早日取得更大的成就，甚至超越我，这是我最乐于见到的。我不希望在管理企业上来说你只是模仿我，我希望你能创造更大的奇迹。我当时留你在身边的初衷，是不想让你输在起跑线上，让你不用经历那个艰辛摸爬滚打的最初阶段，给予你更多的腾飞机会，当时这并不是什么值得炫耀的事情。父母站在高山又怎么能让孩子活在山涧呢？虽然在某种程度上来说，父母的位置决定了后代的起点，但是并不代表也决定最后的终点。美国就是倡导人人平等，这种平等关乎于法律和权利，但是并不关关乎于经济和文化。所以，我能给予你的优势也仅仅在于起跑的这一步，今后的路途还很长，很遥远，需要靠你自己的努力。你要记住：成败与否取决于努力程度，和家庭出身毫无关系。

我就是贫困家境出身，连上学用的书本都没有钱自己买，还是得到

一位好心邻居的捐助。我最初的工作也只是个簿记员，每个月只有20美元的薪水。而如今我拥有数不清的20美元，我依靠自己的努力，亲手为自己打造了一个石油王国。也许很多人认为这是侥幸，或者是当成传奇故事来看，但这其中的经历，只有我自己明白。这是上苍对我坚持不懈、艰苦付出的回报。这是我艰辛历程的酬劳。

孩子，虽然很多人抱怨上苍的不公平，但是坐看结果，也许起初看来不公平，机会不均等，但是结果却是公平的。白手起家的富商比比皆是，挥霍破产的富家子弟也为数不少。虽然他们不是同一个起跑线，但是结局却是自己一手造就的。麻省曾经做过一项数字统计，这个结果尤其惊人。17位富家子弟里，以富翁身份离世的竟然为零。

我记得很久以前，费城的一间酒吧里流传着一个这样让人心痛的故事。某位客人谈论起一位百万富翁，告诉别人这位富翁是白手起家的。而在旁边的一位先生却嗤之以鼻："没错，白手起家。"他不无嘲讽地说道："他是成功地把他自己继承的两千万，变成了一百万。"这个故事很值得我们深思。这些富家子弟之中，注定有部分会被淘汰，甚至穷困潦倒致死。这是一个令人心痛的现象。

家族的光辉与历史的荣耀，并不能保证子孙后代的衣食无忧。毋庸置疑，那是早期的优势，但不能决定最终的成功，这对富家子弟而言是一种沉重的悲哀。我曾不止一次地思考这个问题。后来我发现，富家子弟起初占有优势，却少有机会主动去学习生存所必需的技能。反而，那些出身低贱的人，却因迫切需要改善现状，而更加积极地施展才华，并且更加努力地去争取和珍惜机会。我还发现，富家子弟缺乏普通人那种自我拯救的野心，所以就只能祈求上帝的眷顾了。

所以，这就是为什么在你和姐姐们年幼时候，我刻意地教育你们节俭和勤奋，并且不让你们知道我的财富，希望你们能够理解我的一片苦心。因为我深知：没有什么比金钱让一个人堕落得更快。金钱腐蚀人心的程度是你们所不能够想象的，它会剥夺你们的快乐，让人变得骄横跋息。我绝不会用我的财富去毁灭我心爱的孩子。那些勤奋的人是快乐的，懂得给予别人、造福他人的人是快乐的。那些如寄生虫一般只懂得索取的人，是体会不到人生最大的意义和幸福的。

很多人羡慕富有的生活，可是忘记了快乐的生活才是更加难能可贵的。高贵快乐的生活，只是一种生活方式，并不代表富有的生活方式就能够拥有快乐。而是来源于高贵的精神，这种高贵的精神叫作自立。依靠自己的双手，去创造自己美好的生活，这种精神是非常难能可贵的，你可以看看那些备受瞩目、风采奕奕地生活的人。

亲爱的孩子，你的一切都紧紧牵动着我的心。不过，我对你拥有的高贵品质也充满信心，因为这比我留给你的任何财富都要可贵，这种品质可以让你自己创造自己人生的辉煌，享受锦绣前程的美好，并且创造奇迹。你要一直这样告诫自己：起点并不决定结果。很多因素决定了最终的成就，其中包括你需要加以培养的能力、态度、性格、经验、勇气、智慧等等……美好的人生在向你招手，你要知道成功是每个人都有权利去追寻的，不过它只是给那些有准备的人敞开大门，机会也同样如此。我能感受到你身上洋溢着的热情，以及对成功的渴望，希望你在今后的路上慢慢修行，加以磨练，不断地登上新的巅峰。

孩子，拥有着优势却不懂得利用的人是废物，自身的才华不能充分发挥更是没有价值，展开双翼在你人生的天空翱翔吧，上帝会祝福你的！

爱你的父亲

1897.6.20

家书延伸

在远古时期，地球上就生存着许多动物。后因环境巨变，森林被草地取代，于是许多在丛林里生活的猿开始了陆地生活，它们除了要艰难地寻找食物，还得不时地受到狮子、老虎等大型动物的威胁，生活得十分艰难。

在这么艰难的情况下，一些猿是怎样渐渐开始变聪明的？它们又是怎样开始学着使用工具进行劳动的呢？

南怀瑾先生给了我们答案：猿经过一代代的演变，那些侥幸活下来的聪明的猿，经过对外界事物的求知，为了生存不得不借助生产工具，逐渐随着时间的推移就变成了现在的人。

这些聪明的猿变成人得以持久生存以后，又经过一代代的努力，取得了万物的统治地位。于是他们开始告诉自己的子孙，自己是万物的灵长，在自然界中是最尊贵的，我们可以随意取物，主宰世界。却早已忘了——这个世界上，人与人之间、人与动物之间、人与自然万物之间原本都是平等的。

圣人先哲们十分推崇“天物平等，天人合一”的思想。老子在《道德经》中提到：“道大，天大，地大，人亦大，域中有四大，而人居其一焉。”而庄子的《齐物论》中也写道：“天地与我并生，万物与我为一。”所谓“道生一，一生二，二生三，三生万物。”既然我们都是天地万物中的一种，那就不该有什么尊卑贵贱之分。

家书点睛

几千年传承下来的种种是非、尊卑的观念，已经让我们变得有点儿骄傲、自大、功利、自以为是。就在人与人之间相处越来越难、人与自然之间开始失衡的今天，我们是否应该看看几千年前哲人的智慧，并从中汲取一些经验呢？

男人的肩膀，承担着满满的责任

家书原文

亲爱的约翰：

你还记得安德鲁·卡内基先生吗？那个自以为是的人，他来拜访我还非常严肃地向我讨教了一个问题。你对他的举动感到惊讶吗？但那个不甘示弱的铁匠，确实是这么做的。那是两天前，我们在基奎特。谈话氛围很轻松，我的态度也笑容可掬，他那磐石一样的自尊，终于逐渐融化。他问我：

“约翰，我听说你手下有一群很能干的人。当然，我并不认为他们才能超群。但有一点，我很不解，那就是他们似乎无坚不摧，总能将对手轻松击败。我想知道的是，你对他们施了什么魔法，难道是金钱的魔力？”

于是我对他说：“金钱的魔力只是一小部分，最大的魔力在于责任。也就是说勇于承担责任比金钱更能够让人们值得信靠。我领导的是一个有责任感的企业，在我本身责任感的带动下，任何人都应该考虑自己的责任是什么，如何才能把工作完成得更加出色，但是绝对不会空口白话地承诺责任和义务，这是最值得重视的。”在我以为我们的谈话就此结束的时候，显然好奇心促使卡内基先生想要了解更多，他迫切地询问我具体的做法。

我第一次在卡内基脸上看到了那难能可贵的谦逊的表情，所以促使我要向他讲解清楚，同时孩子，我觉得你也应该以此谈话作为参考。一个事业如果想要永存下去，那么领导人的方式首先要以责任感为先，不管是出于什么缘由，都不能借以任何方式和事件给下属责难。否则最终你会失去部下的信任，同时也失去了在下属内心之中的立足之地。没有部下的信赖和支持，那么再好的领导人也只能在深陷泥潭之中时不断挣扎，从而迷失原来的方向，让自己更加消极，也就好似一个失了民心的君王，无论王冠多么的耀眼，却无法通过王冠掌控一切。

即使再好的将军，也难以保障每次战争的胜利，谁都会遭遇失败挫折，谁都会面临困境。所以，出现问题的时候，我们首要做的就是考虑如何让损失最小化，而第一时间做出最有效的补救措施，短时间内让形势得到逆转，切忌不能妄自责难，这只能是自寻死路。一旦问题产生，我们不能先放过自己，而是先要反问，我的责任是什么，我的职责在哪里。继而，顺着问题的所在之处冷静思考、准确判断，以自身为出发点，才能够重新拾回更多的信任，得到更多的尊重。

责难是摧毁领导力的头号利器。这个世界上也不存在什么常胜将军，每个人都会遭遇挫折和失败。所以，当问题出现时，我不会感到愤恨不满，我只会思考如何才能让形势变得好些？采取什么行动可以补救或修复我们的失误？我的做法只有一个：选择朝更高生产力和满意度的方向前进。当然，出了问题，我不会轻易放过自己。当厄运降临时，我会先停下来问自己："我的职责是什么？"回到出发点，凭借对自身的充分认识和准确评估，可以避免很多无意义的行为。事实上，只有将焦点对准自己，才能重新收回拱手让人的王冠。

我所表述的分析职责，绝不等同于自责或者自我发难。自身职责的分析其实相当于一种自我反省和冷静判断的过程。绝不是发泄愤恨不满的途径。当我们冷静分析过后，问题的所在之处并不是别人如何去做，而是我本身先要如何去做的时候，这其实不但不会让我们消极，反而是我们一个强大自身的机会。只有自身的强大，才会让外界对你的影响因素降到最低，这反而是一件好事。

领导者就是要在危机之中找寻到正确的出路，不是一味地去计较别人错在了哪里，要将每一个困难看成是一次自我了解和反省的机会。

我并没有一颗救世主的心，更不会把自己看成一个救世主。我在冷静分析透彻问题的症结所在之后，先判断自己要在哪一部分负责，而下属又应该在哪一部分负责。从而找到方向，带领下属一起做出准备的补救措施。如果个人英雄主义感存在的话，那么我们会把自己逼入死胡同，让自己陷入危机。领导还有一部分责任便是要让一部分下属认识到并且肩负起他们应该肩负的那一部分责任。如果有部下对自己的工作毫无责任感可言，那么就是对自己的切身利益都漠不关心，那这个部下就不应该在我的企业工作。因为，对自己工作都不能够负起责任的员工能力再好也不会去积极出色地完成工作。

我不会将部下的责任全部包揽在自己身上，这不是一个明智的做法。对部下委以重任，并且给予足够的信任，这才是明智的做法。因为责任感会激发一个人的行动力，并且能够让他们的能力迅速提升，这无疑是对员工最好的帮助。

我虽然不会因为犯错而过于惩罚下属，但是也不会允许没有责任感的下属存在。所以，我的部下都了解，在公司里没有责难一说，但同时也不存在借口这种事情。

靠示范作用来营造负责的氛围在我这里是不存在的。

“彻底奉行”是我们的信念。支持、鼓励和尊重是我们的箴言，这必将备受颂扬。只会找借口推卸责任而不积极应对困境，这种行径在标准石油公司是不允许存在的。我们很少犯错误，因为我的大门随时为下属敞开，他们可以提出高见，也可以发发牢骚。当然，这都需要用一个负责任的方式。这样我们会彼此信任，因为任何事情我们都可以在阳光下讨论。

卡内基先生是个优秀的老学生，他没有再浪费我的时间。在我结束这个话题时，他说：“在抱怨声中，再优秀的员工也会变成乌合之众！”他真的是很聪明。

小约翰，我想说，所有的人遇到事情的第一反应就是推卸责任，这在心理学上来说是一种防御心理，所以推卸责任的现象比比皆是。所以，我告诉你一个避之有效的方法，那就是——倾听。一个优秀的领导者永远懂得如何去鼓励部下让他们去陈述更多的想法与观点，甚至毫无保留地发表自己的建议与意见。要抱着诚恳的态度谦虚地聆听，给他们以信赖感。因为交谈当中倾听者的权威永远会驾驭在陈述者之上。

虽然你可能会感觉难以置信。但是你试想一下，完全不同的两种倾听态度，一种是满脸敌意凌驾于人的姿态，另一种是全神贯注谦逊聆听的姿态，哪一种在你陈述的时候你会比较放松呢？在你完全放松倾听的时候，你会得到很多很宝贵的信息，你也会更加有利地思考这些语言背后所隐藏的含义。这可能会帮助你更好、更清晰全面地去了解一件事情的经过和来龙去脉。同时，陈述者本身也会感到你对他们的观点和言语是非常重视的，这给了他们本身极大的尊重，所以你的意见他们也会愿意去倾听。

真正的倾听是不会有任何防御性的或者先入为主的态度的。因为即使你不喜欢，也不是立刻作出回应。你需要学会专注，而不是想当然地脱口衔接，让交谈变得毫无意义。甚至于能够发展成互相责难。

一直以来，我们在塑造生活的同时也塑造着自己，并且会持续下去。我们终将为自己的选择负责。就如“目的”决定你的方向，拒绝责难将为你开创一条通往成功的康庄大道。

爱你的父亲
1910.7.24

家书延伸

为什么责任永远比能力更关键？区别就在于“主动”。具有高度责任心的员工绝不会被动地等待别人告诉你应该做什么，而是主动去了解自己应该做什么、还能做什么，怎样精益求精，做到更好，并且尽最大努力去完成它们。

然而，在一些片面追求短期商业利益的企业中，高管们总是片面地强调员工的能力，因为能力强的员工能够为他的公司带来直接效益。而责任心太过于强调人的主观能动性，是老板们最难捉摸、最难控制的。于是，大部分的人力资源考官在招聘新职员时，最先问的问题肯定是“你有什么能力”“你能胜任什么工作”“你有什么特长”之类关于能力方面的问题，而注重长远规划和公司凝聚力的面试官们则更关心“你认同我们公司的规章制度吗”“你喜欢我们公司的文化氛围吗”“你能让团队尽快地认同你吗”等关于职责和义务的问题。

最优秀的人才总是希望能进入最优秀的企业。而每一个优秀的企业都在解释、创造、奉行着自己的企业价值观和企业文化，这里面的核心理念，就是培养员工的责任心。

这个世界上没有什么工作是做不好的，只有那些不负责任的人才会做不好工作。无论职位高低，每一个员工都对企业负有责任。那些能赢得别人信任的人，往往是那些责任心极强的人。对一个优秀的员工来说，勇于承担责任，努力工作，会在工作中发现更多的快乐和幸福。对企业老板而言，这样的员工正是可以真正放心的员工。

在职场上，不论大事小事，都是自己的事，而不是老板的事。所以，你必须在工作中付出无人能及的努力，也就是说你必须时时刻刻都保持着责任心，不让自己有任何懈怠。当你需要开创一项新的事业或者捕捉到一个巨大机会时，责任心就起了大作用，责任心会促使你迅速果断地担负起责任，不仅能制订出未来目标，还能找出实现这个目标的有效方法和途径。

对于员工而言，工作做不好的原因就是没有责任心，没有责任心会阻碍他们的潜力发挥出来。当今社会充满挑战，想要让自己脱颖而出，就一定要付出超出常人的努力，不能有一点懈怠，并勇于在工作中承担责任。

家书点睛

在公司里，你承担的责任越多，就越该感到自豪，因为这证明了你的价值和地位，如果你想证明自己的能力，就必须做到勇于承担责任。对于公司和企业来说，能够承担起责任、勇于担当的人，才是真正出色的、有价值的员工。

每个人都是自己命运的设计师

家书原文

亲爱的约翰：

注定成为举世瞩目的王者的人，都有非同寻常的才能，像是老麦考密克先生。他的脑袋能制造运气，明白怎样把收割机变成收割金钱财富的镰刀。

我认识的老麦考密克，永远是一个野心勃勃的商业奇才。全美国的农民都是被他的收割机解放的，这让他收割了大量的财富。连法国人都盛赞他为“对世界最有贡献的人”。这个由普通农具商成长起来的商界奇才曾说过一句深奥的话，他说：“运气是设计的残余物质。”

虽然这句话乍一听起来很让人感到费解。不过仔细品味，却是大有哲理。在我看来，运气是我们精心设计策划的意外产物或者是结果。也就是说我们自己创造运气，运气是计划之中产生的福音。聪明的老麦考密克悟出了这其中的真谛，于是好运气便接连而来。他的收割机能畅销全国在我看来也是理所当然的事情。因为他懂得了去策划运气。很少有人不相信运气，不过能够懂得和理解运气真正的含义的人却少之又少。

在平凡人眼中，运气是某些人天生的。只要看到别人获得升职的机会，又或是在商海中捞了一桶金……他们都会酸溜溜地说：这个人运气真好。这种人总与成功失之交臂，因为他们不懂：每个人都是自己命运的设计师和建筑师。

没有人是守株待兔就能够赚取成功的，天上掉馅饼的事情我也从来不渴求。当然，我也不否认运气的确很关键。不过我相信好的计划是可以对运气产生影响，甚至可以左右运气的。我曾经有过一次这样的经历，施行了一次“化敌为友”的计划。

在计划开始之前，炼油商们都自私自利、各自为战，这样的结果就是造成恶性竞争，最后带给石油业巨大的灾难。这种竞争最大的受益者是消费者，但油价的下跌对炼油商来说却是灭顶之灾。在那时，大部分的炼油商都是亏本经营，都处在破产的边缘。我很清楚，现在的这个时候正是我大展宏图的时候，我只要能够驯服这个行业，就能够将所有的炼油业务都收入到我的麾下。而驯服的方法就是让大家理性行事。我把它视为一种责任，然而却很难实施，因为这需要将所有炼油业务置于我麾下。

孩子，想要成为一个优秀的捕猎者，首先要具备一颗善于思考、谨慎行事的心。要敏锐地捕捉到那些隐藏在暗处的隐患，抓住那些稍纵即逝的机遇。有时候，商场也如同在下棋，你要在你对手的一步一步棋中，长远地看到他要达到的目的，预测各种能够威胁你的地位的情况。当时我把整个形势和自己的力量深入分析研究了一遍，最后决定把我发动石油业争霸战的第一站放在大本营克利夫兰。先从那里的二十几个竞争对手开始，逐步征服之后再一步一步开辟，直到征服所有的对手。

那时，我就像战场上的指挥官。在战场上运筹帷幄。想要行之有效地攻击一个目标，首先得明白使用什么武器。我统一石油帝国的武器那就是钱。我要购买产值过剩的炼油厂需要大量资金，但我手头的资金远远不够，于是，我有了组建股份公司的想法，来拉拢行业外的投资人。于是，标准石油公司应运而生，只用了一年，资本便增加了三倍半，钱有了，下一步就是动手时机。

富有远见的商人总能做到绝处逢生。在征服之旅开始之前，石油业一片混乱，并且日渐衰落。克利夫兰 90% 的炼油商已经快被日益剧烈的竞争压垮，如果不将产业出售，他们只有死路一条。这正是动手的最佳时机。

在这个时候收购似乎有些不太道德，但这与良知没有任何关系。生存就是一场战争，而战争的目的就是胜利，让自身利益最大化。出于战略上的考虑，我选择的第一个征服目标并不是那些不堪一击的小公司，而是最强劲的对手——克拉克·佩恩公司。这家公司在克利夫兰极富名望，并且克拉克也曾试图吞并我们的产业。

我总是抢在敌人动手之前下手。我的策略就是主动约见克拉克·佩恩公司的最大股东，也是我中学时代的老朋友——奥利弗·佩恩先生。我告诉他，石油业混乱低迷的时代该终结了。为保护无数家庭赖以生存的基础，我要建立一个庞大的石油帝国，并欢迎他加入。我的计划打动了佩恩，他最后同意以40万元的价格出售公司。

尽管我知道克拉克·佩恩公司不值这个价钱，但我没有拒绝。吃掉克拉克·佩恩公司就意味着我将成为全球最大的炼油商，将为迅速把克利夫兰的炼油商整合在一起扫清障碍。这一招果然奏效。在之后的两个月，就有22家竞争对手归到了我的麾下，这使我成为了最大的赢家，同时还给了我势不可挡的斗志。此后的3年里，我连续征服了费城、匹兹堡、巴尔的摩的炼油商们，成了全美炼油业的唯一主人。

现在回过头来考虑，如果当时我只是坐等在那里感叹时运，或许被吞噬掉的就是我了，所以我成功地计划并且施行了自己的运气。

我最反感那些随波逐流、妄想不劳而获的人。虽然是一切都有可能发生，但是坐等好运、墨守成规、不懂得寻找突破的人，想要成功也是难于登天。全身而退并不代表成功，只是暂时没有失败被推到谷底的一种表象。

小约翰，要记住：好运不断是需要你精心策划的。在构思计划之前：首先要明确你的目标，也就是你的大方向、期望值，然后再一步一步加以细化；其次，要非常清楚自己身边可以支配的资源，把这些资源整合加以合理利用。这两个基本条件互相辅助，其顺序可以随意调整。然后等待好运的降临。

亲爱的约翰，要记住：策划好运就等于在策划人生。坐等好运砸头的几率是愚蠢的人们的做法，同时概率也非常的低。所以在期待好运之前，试试策划和引导。那样你会打开人生好运连连的大门。

爱你的父亲

1900.1.20

家书延伸

成功者的道路有着惊人的相似之处，失败者的道路却是各有各的不同。成功者首先会相信自己是成功者，相信自己是命运的主人。这不仅仅是一种自信，更是一种积极的自我心理暗示，所以，当困难来临的时候，他们会勇敢地站出来，承担起自己应当承担的责任。正是成功者的这种人格魅力，才可驱散失败，吸引成功。

成功者往往都很自信，这种自信会不断吸引同类的积极情绪，使成功的到来成为水到渠成的事情。我们刚说出的一些话，转眼间往往就会忘记了，但是成功者却不然，他们有信念作为先行，指引自己，向着成功的方向不断进发。

如果我们想要取得成功，就要为随时都有可能到来的失败做好准备，只有保持危机意识，我们才能成功，没有忧患意识的人，不是一个真正的成功者。坚定的信念是成功的基石，这样的基石可以把成功牢牢地绑在你的身上，不断感染着自己，带领自己走向成功。

成功者之所以能得到自己想要的东西，是因为他们并不是把事情硬组合在一起，更不是盲目控制自己的心灵力量，而是靠非凡的自信，才取得最后的成功的。《易经·系辞上》说："方以类聚，物以群分。"对于具有积极意义的相同的事物，由于我们大多数人都没有去努力追求，没有揣摩成功究竟离我们有多远，所以，成功离自己越来越远了。

我们常常把成功者的成功归结于运气，但是现实真的就是如此吗？显然不是！那是因为成功者的坚持突破了瓶颈，让成功走到了他们的身边。相比之下，失败者则不然，他们因小失大，总是把自己不费吹灰之力得到的东西当做宝贝，然后盲目地庆幸自己已经成功了。然而，客观现实与主观幻想南辕北辙，失败者的这种成功只是一种假象而已。

家书点睛

我们想要成功，就要在失败和挫折中绝地反击。想要成功的人要懂得给自己这样的自我暗示：成功不是一朝一夕的努力，而是数十年如一日的坚持，梦想有多大，你的能力就有多大，只有充满这样的信心，你的梦想才会变成现实。

人生只有一次，别为妥协而后悔

总找借口的人，叫作懦夫

家书原文

亲爱的约翰：

你一定记得斯科菲尔德船长，他因为打高尔夫输球气急败坏，把自己那根漂亮的高尔夫球杆扔飞了，所以我打算买一根新的球杆送给他。希望他不要误会这是对他发脾气的奖赏，如果这样的话，他以后脾气越来越大可不是一件好事情。老实说，对于斯科菲尔德船长这种以求胜为人生目标的性格，我还是很欣赏的，但愿他对脾气有所克制。

尽管斯科菲尔德船长并不是一个注重最终结果的人，但是输球还是会令他感到非常不爽的。事实上，斯科菲尔德船长完全可以利用年龄太大、身体状况欠佳等等来为自己的输球辩解，可是他从未这样做过，因为他认为努力的过程才是最重要的，而他自己却从来不会为自己的失败找寻过借口，这也是他最大的优点。

我觉得借口是一种病。患有这种病症的人，无一例外都是失败者。可能大家或多或少的都有些许这样的症状。但是，越是成功的人，就越少给自己找借口。处处亨通的人与那些碌碌无为的人之间最大的差异，就在于借口。我们可以轻易发现，那些碌碌无为的人，经常会有一箩筐的理由来为自己的失败进行辩解。他们为自己料理“后事”的第一个举动，就是找出一大堆借口。

我鄙视那些总爱找借口的懦夫。我也同情他们，因为借口是导致他们失败的根源。往往一个失败者找出一个“好”借口，他就会把它当成“救命稻草”抓住不放。然后经常凭借这个借口来为自己开脱。起初，他知道这是在自欺欺人，但是在不断重复之后，连他自己都开始相信这个借口就是他失败的真正原因。从此，他的大脑不断僵化，懒得再去思考，行动力也逐渐衰退，从而被失败彻底包围。尽管这些人从不愿意承认自己是个爱找借口的人。

我曾经听过很多成功人士在人们面前的经验之谈，说成功是依靠自己的辛勤和努力换取而来，但是，却从未听到过有人说过自己是导致自己失败的根源。大多数失败者都擅长为自己寻找理由，例如环境、家庭、性格、运气、年龄等等，甚至有些人把星象、命运等等都搬出来作为自己失败的借口和理由。

以自己的健康状况作为失败的借口是最为常见的。我们经常听到“我身体不好”“我有着这样那样的疾病”“这些病痛让我分心”等等……事实上，人无完人，并没有任何一个人是完完全全健康的，身体上多少都会存在一些状况。虽然多数人容易依赖这种借口，不过对于一心寻求成功的人来说，这不足以作为失败的理由。之前我和你提到过的盖茨先生，他曾经为我介绍过一位朋友，他是一位乐于助人的大学教授，在他身上就发生过可怕的事情，他曾经在一次旅行之中不幸失去了一条手臂。不过这并不影响他经常微笑和乐于助人，每当谈及他的残疾时，他总是笑笑说：“那不过是一条手臂，两条手臂固然胜过一条，不过我虽然失去了一条手臂，心灵可是百分百完整的，对此我时常感恩。”懂得感恩和庆幸的人远比抱怨和辩解的人生活得更好，因为生命是用来奋斗和享受的。

在健康的时候总是担心自己有什么疾病而变得郁郁寡欢，最终真的失去了健康，这才是人生最大的不幸。

“我不够聪明”“我太笨了”这一类的失败借口也尤为常见，与其他借口不同的是，这一类的借口经常悄无声息地出现，并非公开宣认，而是潜在人们的内心深处。虽然这是大多数人的通病，不过依照个人状况程度也有所不同。

很多人对“才智”持有错误的理解和态度，即：高估别人，低估自己。这样的态度往往是导致强烈的自卑感的前兆，甚至很多人会因此而惧怕迎接挑战。事实上，只有那些从根本上认定自己“愚蠢”的人才是真正的愚蠢。成功并不一定依靠着超人的才智，而满腔热情和自信地迎接挑战往往是成功的关键。“才智”的多少并不足以成为成功的要素，而如何合理地利用有限的“才智”才是最重要的。

驰骋在商场之中的必胜秘诀，就是对商业的满腔热情和强烈兴趣，这才是决定成败的关键要素。要知道，热情可以使坏的事情出现转机，使平淡的事情变好百倍千倍。

我相信，如果一个才智平庸的人乐观、积极并且善于合作，那么，他将会比一个才智出众却悲观、消极的人更容易获得成功。一个人不论他面对的事物是何等琐碎，也不论他面对的任务何等艰巨，只要他执著努力，成功的几率就会远高于那些聪颖却懒散的人。专注与执著是成功的重要因素，在成功之路上，它们的作用有时甚至超过了一个人的能力。

很多非常出色的人物也会失败，这让大家感到费解。但我可以告诉你们答案：如果一个人总在用自己的聪明才智去证明事情为什么会失败，而不是去寻找通向成功之门的捷径，失败的命运就会缠上他们。消极的思想束缚他们的才智，使他们无法一展身手，最终导致一事无成。我相信，只要他们能改变心态，就会拥有更伟大的成就。

妄图成就大业却疏于思考的大脑，无异于一桶廉价的糨糊。聪明才智的发挥远比聪明才智的多少要重要得多。即使是拥有再高的智商也无法改变成功的基本法则。才智的优劣并不是成败的决定性因素。那些优秀的商人从不杞人忧天，而是满腔热忱。要想改善天赋的素质并非易事，但调动天赋、发挥特长却很容易做到。

很多人对所谓的“知识就是力量”都很迷信，我认为这句话并不完全正确。很多以才智不足为借口的人，都误解了这句话的真正含义。知识确实是力量，只不过是潜在的。只有将知识付诸实践，并且是有建设性地实践，知识才会大放光芒。

很多大企业都迷信拥有高学历、知识渊博的“活字典”，但在标准石油公司永远都没有“活字典”的位置，因为我不需要只会记忆、不会思考的工具。我需要的是能够真正解决问题的人，能够想出各种方法的人，敢于梦想且勇于奋斗的人。善于思考的人才能为我赚钱，那些“活字典”都是废物。

不以才智成为失败借口的人，首先不会轻视自己，其次也不会高估别人，冷静分析、擅于发掘自身的才华并且合理运用，这样的人才真正地懂得心态比才智更加重要。这些人一般都对成功抱有强烈的愿望，也会积极勤奋地寻找通往成功之路，不惧怕一次次失败，在失败之中寻找新的做事方法，合理利用自己的头脑去打破新的纪录，并且不断地更新创造历史。只有这类人才会懂得思考的价值。

虽然有时候成功也需要一点点运气的成分在里面，不过这并不能成为多数人逃避自己的失败的借口。也有很多人看到别人的成功之后，会把一切归功于他的运气好，而把自己的失败归咎于自己的运气太差。不过，运气也是精心的准备和筹划之后才随之而来的，倘若所有的一切都靠运气的话，那么估计很多企业都会面临厄运了。举例来说：如果我们选举总裁，把所有职员的名字都写在纸上放入大桶中抽签，第一个被抽到的任命为总裁，第二个任命为副总裁，以此类推，你是否觉得可笑呢？是吧！这就是人们所谓的运气。

我相信因果，所以我从不屈从于运气。那些成功人士，所谓的运气极佳的人，仔细了解之后你会发现，他们都是通过充分的准备、周密的计划、积极的行动才带来了巨大的财富。并非是被天上掉的馅饼砸到。在看那些沉浸在失败当中、自认为运气欠佳的人，你会发现他们都是消极沮丧的，并且他们头上的乌云都是自己造成的。成功者与失败者最大的差别就在于，成功者会在一次次积极乐观的尝试和努力之中寻找运气，而失败者会在经历过困境之后寻找各种理由，就此止步，然后抱着自己运气不好的想法放弃梦想。

单纯地依靠运气成功的几率几乎为零。所以，想要成功，积极勤奋地付出努力和汗水是必要的条件。我自己从未抱有过这种侥幸的心理，与其依靠上天的运气来获得成功，不如专注于提升自我的修养、素质和才华，随时周密地准备好“成功者”所具备的各种条件和特质。所以，小约翰，我最后想对你说：绝大多数的失败者都擅长寻找借口，而这些借口却让成功对他们关上了大门。要记住，行走在通往成功的路上，必须拒绝寻找任何借口，这是我对你的忠告。

爱你的父亲

1906.4.15

家书延伸

“要是我有机会读大学，我早就成‘海龟’了。”这是学习成绩不好的人的借口。

“要是我早两年去股市，早就把本翻了好几倍，说不定都成百万富翁了。”

这是生意做亏本的人的借口。

“要是我运气好一点，哪里还会是普通员工，总经理的位置都是我的。”这是职场上混得不好的人的借口。

稍加留意，你就会发现，那些无所作为的人经常会找理由为自己开脱，因为什么没有做到，他总会有这样那样的理由。失败者为自己找回面子的第一个举动，就是为自己的失败找出各种理由。

平时，你肯定也经常遇到这样的问题。比如，原本计划在未来的一年里每天打半个小时羽毛球，希望坚持一年后身体健康状况有所好转，但是在制订完计划后的每一天里，都会有各种各样的事情来阻碍你拿起羽毛球拍，逐渐地，你放弃了，后来即便整天闲得无聊也不愿出去打球，一年之后自然是什么也没干成，这时你仍可以安慰自己如工作太多、压力太大等，可以随便找一个借口让自己心安理得。

在工作和生活中，找任何借口都是推卸责任，都会导致你的失败。你的生活态度和工作态度就体现在你选择承担责任和寻找借口之间。比如说，你想举起一件重物，而地球引力却要将它往下拉，让你不堪重负，“借口”就是拖你后腿的负重物，最终让你把重物摔在地上。在工作中，遇到挫折是在所难免的事情，知难而退还是勇于承担，是决定你的成败的关键所在。

失败者找到一个很好的借口，他总是以此作为他失败的理由。最开始，他还清楚这是在欺骗自己，久而久之，他就认为这个借口就是真的，最终，这个失败者便滑向了堕落的深渊。

工作没完成，可以说是家里有事；业绩下滑了，可以说是领导决策错误；客户投诉了，可以说对方过于苛刻；人家加薪了你没加，可以怪上司偏心……借口就是一个掩饰弱点、推卸责任的“万能器”。

态度决定成败，一旦面临危机，你绝不可找各种借口“自己说自己没错”，这样只会给公众造成欲盖弥彰的恶劣印象。恰当的做法是：积极应对、充分重视，尊重当地权威部门的结果。公众指责的事情如果确实存在不符，中立的第三方就应该出面澄清。那些担心问题的曝光会影响自己苦心经营的良好形象而随意制造借口的错误做法，只会适得其反，造成事态的扩大。

家书点睛

失败的根源往往是因为那些借口。习惯找借口的人，最终会失败。正是借口，把绝大多数的人挡在了成功的大门之外。人不可能靠运气成功，成功是要付出努力的。每个人都不能妄想靠运气、侥幸获得胜利，而要集中全力去发展自我、承担责任，修炼出使自己变成“赢家”的各种特质，这些特质会在你日后的道路上发挥出比黄金还重要的作用。

人生是场豪赌，有输就会有赢

家书原文

亲爱的约翰：

明天——或许不用等到明天，有一个人就要过上富人的生活了。报纸上报道说，这个人名叫大卫·莫里斯，和在美国独立战争时期担任财政总监的费城商业巨头罗伯特·莫里斯先生一个姓，他是位赌场高手，近来交了好运，可谓赌场得意。报纸上还登出了这位赌徒的人生格言：好奇发现机遇，冒险成就未来。

你知道，我一向是瞧不起赌徒的，但是我对这位先生却不能不另眼相看；我甚至相信，如果他能投身商场，以他这种近乎哲学家般的智慧和头脑，他或许会成为一位出色的商人。我如此假设，并不是说优秀的赌徒就会成为成功的商人。实际上，我厌恶别人把商场视为赌场，但我不否认冒险精神。因为我知道，风险越高，收益越大。对于任何人来说，驰骋商界都是最具冒险性的行为。

我的人生历程，就是一趟丰富而精彩的冒险之旅。如果要让我找出哪一次冒险对我最具决定性、对我的未来最具关键性，那就应该算是进军石油工业。投身石油业之前，我们的农产品代销经营做得风生水起，继续下去的话，我完全有望成为大中间商。但这一切因为那位安德鲁斯先生而改变了，他是照明方面的专家。他对我说："约翰，煤油燃烧时发出的光，比任何照明油发出的光都要亮，它必将取代其他的照明油。你想想，约翰，那将是一个多么广阔的市场啊！如果我们能进军这个市场，那将是一幅多么美妙的情景啊！”

拥有的东西越多，力量就越大。放走机会不仅仅是损失金钱，还会削弱你在商业竞技场上的力量。我接受了安德鲁斯的建议，投资了四千块钱，那在当时，对我们来说可是一笔大钱。尽管当时石油造就了许多百万富翁，同时也使更多的人沦为了穷光蛋，但是我的钱投出去之后，我就不会再考虑失败。

我毅然投身于炼油业，用心经营。不到一年，炼油为我们赢得的利润就超过了农产品，成为我们公司的第一大业务。就在那一刻，我意识到，正是胆量和敢于冒险的精神，为我开辟了一条新的生财之道。

当时没有哪个行业能像石油业那样让人一夜暴富，这么美好的前景极大地刺激了我赚钱的欲望，也让我看到了盼望已久的良机。我暗自下决心，我一定要牢牢把握这次良机，借它大展宏图。然而，我大举扩张石油业的经营战略，让我的合伙人克拉克先生大为恼怒。克拉克软弱无知，缺乏胆略，他恐惧失败，主张小心谨慎，这与我的经营观念背道而驰。在我看来，金钱如粪土——若能好好利用，就能做很多事；若是把它藏起来，就会臭不可闻。克拉克算不上一个成功的商人，因为他不懂得金钱的真正价值。此时的分歧使得我们的合作走入穷途末路。克拉克已经成为我前进的绊脚石，我必须踢开他。

一个人要想获胜，必须得了解冒险的价值，而且必须有远见卓识，自己去创造运气。对我来说，和克拉克先生分道扬镳，无疑是一场冒险，在我决定豁出一切、大举进军石油业之前，我必须确信石油不会枯竭。在当时，很多人都认为石油不过是昙花一现，难以持久。我当然希望油源不会枯竭，因为一旦没有油源，所有的投资将会打水漂，我的命运可能还不如赌场上的赌徒。但是，我收到的信息让我充满了乐观，油源不会消失。现在，到了该说分手的时候了。

在和克拉克先生摊牌之前，我在私下把安德鲁斯先生拉了过来。我对他说："我们要发财了，有一笔大钱在等着我们。我要终止与克拉克兄弟的合作，如果我买下他们的股份，你愿意和我一起奋斗么？"安德鲁斯确实没有让我失望。几天后，我又拉到几家银行来支持我。

那年的二月份，在经过一系列的准备之后，我向克拉克先生提出了分手的建议，尽管他很不情愿，但是我已经做出了分手的决定。最后，我们商定好把公司拍卖给出价最高的买主。

直到今天，每当想起那次拍卖现场的情景，我都会激动不已，那种感觉就像在赌场上赌钱一样，令人惊心动魄，必须聚精会神。那简直是一场豪赌，我押上去的是金钱，但赌出来的却是人生。

公司的起拍价是五百元，但很快就攀升到了几千元，后来又逐渐升到五万元，这个价格已经超出了我对炼油厂的估价。但竞拍价格一涨再涨，开始突破六万，又飙升到七万。这时我开始恐慌，我担心自己能否拍下这个由我亲手缔造的企业。但我很快镇静下来，我默默地安慰自己："不要害怕，既然下定决心，就要勇往直前！"当竞争对手的报价达到七万两千元时，我毫不迟疑地报价七万两千五百元。这时，克拉克先生站起来大喊道："我不加了，约翰，它是你的了！"

亲爱的约翰，那是决定我一生命运的时刻，我感受到了它那非比寻常的意义。

当然，为此我付出了昂贵的代价，我把代理公司的一半股份和七万两千五百元都给了克拉克。但我并不心疼，因为从此以后我拥有了光辉自由的未来。我成了自己的雇主，从此不再担心前进道路上那些鼠目寸光的平庸之辈。

我二十一岁的时候，就拥有了克利夫兰最大的炼油厂，已经跻身世界最大炼油商行列。现在来看，这个每天能吃掉五百桶原油的家伙无疑成了我走向石油霸主之路、征服石油王国的有力武器。这全都要感谢那场竞拍，它正是我获得人生成功的开始。

脚踏实地是对的，但绝对不是我们人生要遵循的唯一原则。那样我们或许会衣食无忧，但肯定不会叱咤风云！叱咤风云的人，是需要冒险精神的！财富是和风险成正比的，可以说，我们的一生，就是一次冒险！

看看我们的世界，每天都在日新月异，历史的车轮是不断朝前滚动的，停滞不前就会落后挨打！有人说谨慎可以造就成功，我却认为不然，谨慎固然重要，但冒险不可或缺。就像东方封建王朝的闭关锁国和西方的自由开放理念相比，谨慎和冒险之间的对比一目了然。因此，在成功层面来说，有的时候，冒险比谨慎更容易取胜。

名利场就是一个争名逐利的圈子，争夺是商人的天性，商场即战场，富于冒险精神的商人，才是功成名就必要的条件。

如果你想知道既冒险又不招致失败的技巧，只需要记住一句话：大胆筹划，谨慎实施。

爱你的父亲

1936.11.2

家书延伸

人生就是一个竞技场，既然是竞技，就会有输有赢，我们以何种方式去赢？又以何种姿态面对输呢？

每个人都渴望胜利，没有谁会希望自己永远处在失败者的位置，即使是那些不思进取的人，也会对胜利心怀憧憬。既然如此，那我们是不是应该不惜一切代价地去争取胜利呢？为胜利拼尽全力是值得赞扬的，但如果胜之不武，这样的“胜”比“败”还让人瞧不起。

如在面对职场的竞争时，有一些人除了在业绩上努力外，还会用一些“旁门左道”来赢得机会：有些人为了获得晋升机会，便在领导面前诋毁竞争者，或在背后说竞争对手的坏话；有些人为了在工作中表现得比同事更出色，便窃取别人的劳动成果；还有些人眼红他人升职加薪，就在单位拉帮结派，孤立胜者……

这些行为让人感到不齿，用这样的方式获得的成功并不光彩，也不会长久。时间长了，总会露出破绽，而只有真正有实力的人才能把胜利牢牢地把握在自己手中。

如果输了，是选择坦然面对、笑对未来？还是悲愤妒恨、痛哭流涕？

输了就懊恼、不甘，有时候甚至挖苦、诋毁赢的一方，抱着“我没赢，也不会让你赢得舒心”的心态，如此的不大度，不但得不到别人的安慰，反而遭到他们的厌恶。这样的不洒脱、沉不住气，恐怕在以后的人生中也很难有大的突破。

同样是输，也有人以微笑来面对。曾是两届奥运会羽毛球混双冠军的高峻，在一次比赛中首轮就出局了。面对这一惨败，她还是一如既往地微笑着，豁达地说：“虽然这次有点遗憾，但下次还是有机会的。”

其实，失败有什么可怕的呢？何必要把一次失败看成是永远的失败呢？我们对自己有更高的要求，不满足于现在的成绩，这是值得肯定的，可是过多的沮丧与懊恼并不能改变输赢的事实。鲁迅曾经说过：“优胜者固然可敬，但那虽然落后而仍非跑至终点不止的竞技者，和见了这样竞技者而肃然不笑的看客，乃正是中国将来的脊梁。”是啊！失利只是暂时的，倒不如洒脱一点，以更好的心态投入到下一次的竞争中，总会守得云开见月明。而这样的人同样是可敬可佩的，同样值得给以掌声，他们甚至比那些胜利者更值得称颂。

家书点睛

赢要赢得公平、赢得光彩。绝不靠投机取巧、耍心机来赢得一时的荣誉。要用自己的智慧、努力去赢，赢得所有人发自内心的尊敬。

输，则要输得磊落、输得坦荡。这是一种比“赢”更高的境界，也是一种高尚的品质。以豁达的心态面对失败，以大度的心态对待竞争者，以宽容的心态对待自己。这样的人，无论在什么时候都是值得拥有掌声的。

贪婪的欲望，也会助推奋斗的火苗

家书原文

亲爱的约翰：

对于那些说我贪心的人，请不要理会他们。

这个对我不太美妙的特殊的“颂扬”，最早出现在我事业正值辉煌顶峰的时候。这么多年以来，我还一直享受着这个特殊的“称号”。有一时期，洛克菲勒这个名字不仅仅是一个人的名字这么简单了，它还是财富的代名词，是一个商业帝国的象征。我印象中，当时很多的人和媒体都加入到了这一类“颂扬”我的行列当中。虽然我知道，这种“颂扬”并非出于好意，而是想对我进行诋毁和中伤，企图在我建立的商业帝国之上罩上一层腐朽的铜臭，不过很遗憾我并未因此难过，或放在心上。

我深知，有一种力量是潜藏在人的内心当中，在自卑感的催生之下，激发的一种愚蠢的行为，那便是嫉妒。人们往往会嫉妒比自己优秀的人，在嫉妒的促使之下，会用带有贬义的词语来指责你，用不存在的虚无谎言来中伤你。体内的自卑感越强烈运作，他们外部就要伪装得越强大，所以，在你们面前，他们常常会表现得很高傲，而这种高傲却往往是虚弱的表现。不过，更加可笑的是，当你的生活贫困潦倒，和他们相比起来差距甚大时，他们往往又会讥笑你、贬低你，认为你无能且愚蠢，甚至无情地践踏你做人的尊严。亲爱的儿子！这就是人的本性！

我不能改变人性，因为上帝并没有赋予我这项使命，我也没有时间和精力去阻止别人的这些“颂扬”，我只能够做到让嫉妒我的人继续嫉妒吧！虽然我知道，倘若我把自己手中的财富分施给这些人，那么他们便会停止对我的指责与中伤，不过我不会这样去做。我想除非是中了咒语失去了思考能力，否则任凭谁都不会这样去做。

我不会和那些给予我“颂扬”的人辩论，因为一个绅士永远不会和无知者争论，不过我在心底里还是会蔑视他们的无知。虚伪的人比比皆是。回望历史，通过冷静的分析，我们不难得出这样的结论：没有一个社会不是建立在贪心之上的。试问谁没有私心？谁心里没有掌控一切的欲望？谁不想拥有更多？那些打着道德卫士的旗号诋毁我的人们，实际上便是最虚伪的人们。

人都有贪念。当你拥有了一串葡萄的时候，你还会想要拥有整片葡萄园。活了八十年岁的我，见过不会吃牛排的人，却从未见过不曾贪心的人，尤其是商界之中。功力和金钱的背面，唯一的一个词语便是“贪心”。谁会停止追寻和占有美好的事物呢？阿奇博尔德先生说我是能够嗅到终点线味道的赛马。我知道这多少有点奉承我的意味，但是在我的心里，确实早已经预留了一个位置给贪心。

在我就读的商业学校，我的一位老师曾经说过的话，让我至今难忘，正是这句话，改变了我人生的命运。他说：“我不认为贪心是一件坏事，相反我倒认为这是件好事，每一个人都有贪心的权利，正是从贪心开始，才会有了希望。”这句话使我的思想和人生彻底有了转变。当这位老师这句刺激煽动的话讲完之后，讲台底下一片哗然。据我们理解，“贪心”具有贬义的意思，并且违背绝大多数人的道德观，在道德观的标尺作用下，贪心很早就被打上了肮脏的烙印。

当我踏入了这个人吃人的社会之后，我才深深感悟到，我的学费是有生以来最有价值的了，在通往成功的旅程上，我发现老师的观点确实是真知灼见。就如同那些自然进化论者向我们描述真正的自然界并非仁慈，而是残忍的弱肉强食、适者生存的。同样，这个社会也是如此，如若想走向成功，那么贪心是重要的因素条件。

贪心——潜台词是占有，一人独占。谁没有在心底有过这样的呼声呢？好的政客渴望掌权，不管自己手里的权利大小，还是要寻求更大的权利。商人渴望赚钱，拥有更多的财富；父母望子成龙，望女成凤，希望孩子有更大的成就，过着衣食无忧的生活；爱人之间渴望彼此忠贞，等等……只不过碍于各方面的因素，大家把贪心掩藏于心，在道德观的约束下，贪心被罩上了贬义的颜色，成为了禁忌的观念。幸福不像空气那般唾手可得，世界也在追名逐利的现实中不会改变，那么人类的贪心也会持续存在下去。

在我看来，贪心并不是恶魔，打开贪心之锁并不是开启潘多拉魔盒。释放出那颗跳跃着的贪心，就等于释放出我们生命的潜能。我由一个周薪五美元的簿记员到现在的全国首富，正是贪心让我创造了奇迹。贪心是推动我创造财富的力量，正如它是推动社会演进的强大动力一样。当我在使用“贪心”这个词语的时候，你可能会希望我把它转换一下，例如写成“抱负”之类的。但是我不会，因为我们都生活在这个充满贪心的世界中，所以我认为，“贪心”要比“抱负”更恰当和淳朴一些。纯朴是人类灵魂中的一种正直无私的素质，它不同于真诚，而且比真诚更加高尚。

和山姆·安德鲁斯先生合办石油公司之初，我的贪心就一直在膨胀。每晚睡觉之前，我都会暗自告诉自己：我一定要成为克里夫兰最大的炼油商，让石油成为我口袋中一叠一叠的钞票。我要让自己的每个想法都有利可图，我要登上石油王国的宝座。在最初的那段日子里，我事必躬亲，终日劳碌。我指挥炼油，组织铁路运输，为如何节省成本冥思苦想，为如何扩大石油副产品市场而绞尽脑汁……我永远都忘不了那段忍饥挨饿、风餐露宿的日子。

亲爱的孩子，你要知道，将来，以后的命运将由你自己去开创，如若是你内心渴望的东西，要想方设法的获得。成功与失败的距离往往只有一念之差，谁有了贪心，谁就有了希望，就有了动力，并且具备了无限的力量。那么积极进取者便会取得成功，贪心有时候不仅可以使一个人的能力发挥得淋漓尽致，也可以让他甘于奉献，在成功的路上全速前进，排除一切万难。

我记得很多人都问过我同样的一个问题："洛克菲勒先生，是什么支撑你走向成功的顶峰，财富之巅的？"我内心中深知，我富甲一方的动力便是我自己内心深处的贪心。我不能够说出真心的话，因为很多人都会瞧不起贪心的人，我之所以成为一代巨富，就是因为内心的贪心被唤醒并且进一步得到了膨胀。

每个人的内心都深藏着一颗灵敏而有力的贪心。唤醒它，热爱它，它就会来帮助你。没有任何力量可以阻止我贪心，因为我渴望成功。在贪心之下实现的成功，并不是什么罪恶，成功是一种高尚的追求。如果一个人能以高尚的行为去获得成功，那么他对人类的贡献要远胜于贫困所能做到的，而我恰恰如此。

亲爱的孩子，看看我们如今所做的善事，这是一项伟大的慈善事业，我的这些巨额财富投向了教育、医疗、教会、贫困的人，这并非是我的个人施舍，世界因我的成功而逐渐变得更加美好。

小约翰，我知道什么是最适合自己的，所以别人的评价和话语，对于我来说都不会放在心上。因为有些人的眼里，永远认定我是一个投机取巧、自私卑鄙的商人。即便我投资了老百姓受益的慈善事业，这些人也会断定我追逐私利、图谋不轨，甚至无视我的公益事业的精神，更有夸张的谣传，说我热心做好事，是为了给自己赎罪，简直是可笑之极。

孩子，你的父亲永远不会让你感受到羞愧，这一点你大可放心，我可以坦诚地告诉你。我成功的理由非常简单，强烈的事业心，卓越的心智。我可以毫不愧疚地说，我口袋里面的每一分钱都是干干净净的。我相信，我的财富是上帝赐予我的，而上帝是赏罚分明的。我多年来一直有如天佑般的财源广进，是因为上帝知道我会把钱回馈社会，造福人类。

又到了诵读《圣经》的时间了，夜色真美，闪亮亮的星星似乎也都在开口说话："干得漂亮！约翰！"

爱你的父亲

1918.5.6

家书延伸

人的欲望是无穷无尽的。对名、对利、对情的无止境的欲望，使得人们不满足于现状，并不断努力工作、辛勤耕作，往更高的目标前进。所以说，欲望就是人类社会进步的动力。现今的社会是一个科技发达、物质丰富、充满竞争的社会，我们被心中的欲望挑逗着，像是看见红色斗篷的斗牛。

欲望能够激发一个人的上进心，每一个人内心深处都拥有某种强烈的欲望，诸如财富、权力、快乐、声望、平静、喜悦、爱、服务、受尊敬、被赞赏，只要你发现并找到你想要的，就能促使自己完全积极起来，去做好每一件事情。

强烈的欲望可以增强我们的斗志、勇气、热情、活力和意志力，是推动一个人前进的原动力。如果没有这些欲望，人生就会索然无味。其实"有志者事竟成"也证明了人要有欲望，而且是大欲，才能最大限度实现自身价值。所谓志者，欲也。有欲望你才会有奋斗目标，你才会产生人生动力，你的动力和能力才会朝这个目标释放。不积跬步无以至千里，只要你锲而不舍，目标总会实现，即有所获得。

但实现欲望别忘了萨缪尔森的著名公式，即欲望是幸福的分母，与幸福成反比。因此处理好幸福与欲望的关系应有一个度，就是欲望要合理、有节制，即知足者常乐。而要防止欲壑难填，就要避免不断膨胀的无节制的欲望所带来的负效用，导致欲望无限增大而幸福无限减少，甚至为此付出更为沉痛的代价。

控制自己的欲望是对付贪欲的最有效的方法。减少私欲，使我们从欲念的无底深渊中得到释放与自由，这正是快乐的始发站。与人相处，若好贪便宜必将被人唾弃；经营事业，若见利忘义，贪财成性，事业也难以长久。

家书点睛

人不能没有欲望，没有合理的欲望就没有前进的动力。但人不能有贪欲，因为，贪欲是无底洞，你永远也填不满它，贪欲只会给你带来无穷无尽的烦恼和麻烦。贪婪是一切祸乱的根源，不论做人处事，都必须控制贪欲。

设定目标后，义无反顾地前进

家书原文

亲爱的约翰：

我的孩子，我真心地为你感到骄傲。你走进标准石油公司的核心，这同时也是你的荣耀，但是不要过分沉溺于这份荣耀之中而自满，要时刻记得，与这份荣耀同在的，还有你需要肩负起的责任，否则，你会辜负了大家对你的希望与信赖。所以，为了不愧对于这份荣耀，你更应该对自己提高要求，你现在已成为公司的核心力量，公司的事业兴衰都与你密不可分。

你现在需要冷静思考：自己是否能够成功驾驭这个角色。倘若你要在这个位置上发挥出你更大的才能和价值，得到大家的认同和尊重，我想你需要学习积累的东西还是很多的。

你首先需要理解领导人的定义。他是所有人的负责人，也是决策者，是要带领下属向着成功的正确方向，披荆斩棘前进的人。并且作为领导者，随时准备好应对各种各样的困难，关键时刻能够冷静迅速地找到最佳的解决方案。阻碍一个人成功，中断一个人的梦想，让人疲劳无助，惊慌失措的事情有很多，例如：堆积成山的工作，铺天盖地的资讯，不配合的员工下属，无理的投资者及客户的条件和要求，突如其来的困难和状况，高层的阻碍和不配合，等等……但是，正是这些状况才区分了普通人、领导人和优秀的领导人的区别，让优秀领导者发挥了其作用和价值，大放异彩。因为作为一个优秀领导者不但能够得心应手地解决这些问题，还能够调动起下属的热诚，心甘情愿地贡献自己全部的力量，而普通领导人却只能在无助中挣扎、叹息。

作为标准石油公司的领袖，我既享有权威，又享受到了愉悦，因为我知道，找到可以保证完成任务的人，就等于为我创造了时间；换句话说，这不仅会让我节省了精力，更重要的是可以让我有更多时间思考如何为公司赚更多的钱。

这里还存在一个重要的问题，那就是态度。以何种态度来面对工作是成功的关键因素。因为行动受态度的驱使，很多时候我们的态度决定了我们最后的成败。人面对人生态度的转变也注定了人生的转变，这是一个不变的定论。

优秀的领导人会思考这个问题：哪种态度能够帮助自己最大化地达到目的。并且能够在思考之后，选择出对自己最有利的态度去面对问题。消极和冷淡的态度在优秀的领导人的观念思维里面是不存在的。

你一定知道法国国王路易十六，他便是一个很好的例子。如果你也出现这种高高在上、让别人唯命是从的态度，那么先想一想路易十六的下场。我自己长久以来已经养成了一个商业习惯，不主动发生冲突，不飞扬跋扈，不施加过大的压力给自己，鼓励部下，信任部下。这个习惯在我事业上帮助我最大化地人尽其用，灵活掌控。

对于我而言，目的的功能是最大的。虽然我不会夸大目标的作用，但是我还是承认自己是一个目的主义者。只有明确了目的，我们的潜能和才华才会得到更好的发掘和展现。目的能够让我们专注于我们选择的方向，激励我们去思考和想象各种实现目的的方式方法。促使我们为了自己的目的而全力以赴。

高尔夫球赛便能够很好地说明目的性的重要性。试想：对于一杆进洞这种几率极小的目的是不现实的，我们肯定先考虑一杆一杆打过去，每一杆都离目的球洞更近一些，一直到把球打进。所以，经验之谈，目的的本质与一个人的最终表现息息相关。

我习惯于在做事情之前先设立目的，因为对于我来说，这是我领导的依据。我会把每天的事项都一一设立目的：与投资人和合作商谈话的最终目的，召集下属开会的目的，工作计划的最终目的……这些目的我都会一一思考审视。所以，在新的一天开始工作前，我已经做好了各种各样的准备。任何突发事件都不会让我手足无措或引起恐慌。

如果我们不能主动确立目标，很可能会陷入被动的境地，从而迫不得已地选择其他道路。这样很可能会让我们失去掌控力，还可能让我们受制于他人。这就好比一艘游艇，在码头松开绳索之后，却忘了发动引擎，结果只能随波逐流，海风、洋流或其他船只随时有可能让它葬身海底。也许对岸就是我们的理想所在，但除非奇迹出现，否则我们永远无法顺利到达。设定目的，就好比发动游艇的引擎，它能驱动你朝着选定的方向前进。因此我认为，目的可以为人类的努力增添方向和力量。

还有一点需要强调，确立目的性只是一个最初步骤，这只是一个方向，但是并不代表能够达成，接下来的路途还需要完成。我们还需要做的一点便是把这目的性毫无保留地传达给下属，传达给每一位帮助我实现目的的人。所以，要在每一次报告或者会议上，阐明自己内心的动机，以及需要达成的目的，还要完全表达出内心的想法及期望值，以及达到目的的战略方案。这样，下属才能够明确正确的方向，还有一项最大的好处便是，你会由此换来下属对你毫无保留的忠心。

你要知道，当你向你的下属毫无保留地如实说出你的真实目的的同时，也相当于隐含告诉了他你对他的足够的信任，因为只有足够的信任才能够让你足够坦白。一个优秀的领导人是善于把尊重和信任很好地灵活掌握运用的。当你让部下了解到这个信息之后，所换取的是他们对你敞开信任的大门并且给予你全部的热情和忠诚。信任别人的同时也取得对方的信任，这无疑是已经拿到了通往成功之门的钥匙。

坦白公开你的目的同时也避免了下属毫无头绪的猜疑，甚至推论偏离了你原本要达到的目标的方向。这样不但浪费时间，还很有可能给你最终的目的加以阻碍，因为猜测往往是不信任的前提，只有遏制这种毫无意义的猜疑，部下才能够拿出全部的士气，一鼓作气奔着相同的目标努力。所以，适当地把下属当成毫无猜测能力的“傻瓜”，这对领导人来说似乎更有益处。

公开表明自己的目的，对于给予下属传递的力量是不可小觑的，他也同时象征了你的宣言和决心。让部下更能够体会到你坚韧的毅力和信念，这更加能够激发部下全部的热情，调动起他们更好的工作积极性。

发现问题是领导者的责任，然而问题的解决就需要领导与下属一起努力。如何把下属调动起来完成属于他们的职责，是领导者首要考虑的。我认为，表明你的目标，发挥你的热情，就会得到你想要的。

要想使目标有价值，就要确保它的真实性。这点就像钻石，假的毫无价值。如果一个人滥用目标的力量，会破坏彼此间的信任，这也是表达目标的风险所在。不诚恳只会使事情越来越糟糕。约翰，通向地狱的路，是由善意铺成的。除非你已作好万全的准备，否则真可能一语成谶。

爱你的父亲

1902.5.11

家书延伸

现实生活中，很少有人真正知道自己要去哪儿，更多的人是一些朦朦胧胧的期盼。当我们的事业一帆风顺的时候，突然到来的失败令我们束手无策；当我们屡战屡败的时候，偶然的一次成功又让我们兴奋得不知所措。很多时候，我们就是这样的矛盾和幼稚，于是我们的情绪随着经历的事情起起落落。

如果有方向，我们就有决心、有热情做好眼下的事情，也才能达到“衣带渐宽终不悔，为伊消得人憔悴”的境界。一个人力量的源泉来自于自己想要什么，有什么样的需求。所以，明确的方向才是行动的指南，也是一个人成就事业的根本保障。

没有目标的人生，如同在大海中没有罗盘的航船，找不到灯塔的指引，只能随着海浪随波逐流。所以那些成功者，首先都先设立明确的目标。目标就像前方鲜明的旗帜，指引着你进行合理的人生规划，把握前进的方向；目标激励人勇敢地面对困难，即使遇到重重险阻也永不气馁；目标推动人永远保持旺盛的活力，支撑着他为将理想化为现实而付出巨大的努力。

从每一个有目标有追求的人身上，我们都可以感受到一股巨大的、无形的力量，将自身与事业有机地融合在一起。因此，只要你选准了目标，选对了适合自己的道路，并不顾一切地走下去，最终必将能走向成功。确立了目标并坚定地“咬住”目标的人，才是最有力量的人。目标，是一切行动的前提。事业有成，是目标的赠予。确立了有价值的目标，才能较好地分配好自己的时间和精力，较准确地寻觅突破口，找到聚光的“焦点”，专心致志地向既定方向猛打猛冲。那些目标如一的人，能抛除一切杂念，会聚积起自己的所有力量，成为工作狂，全力以赴地向目标的高地挺进。

人生目标的实现需要结合自身的实际情况作出清醒的选择，不切实际的幻想看起来总是令人着迷和振奋的，但如果穷尽一生的时间来追求一个不可能的梦想则无异于水中捞月，白白浪费自己宝贵的生命。所以在确立目标时应当脚踏实地，根据客观选择最可能实现的梦想。但是既然我们把目标称作梦想，那就不要把自己禁锢在有限的圈子里，犯画地为牢的错误。就像历史上最伟大的成就在开始时，人们总是给出这样的评论：“这是绝对做不成的。”

所以，在行动之前，你应该先弄清自己的目标、自己的方向。确立了明确的目标之后，我们就不会在没有到达要去的地方之前停下脚步，我们就会在遇到困难时，充分调动我们的思维，抓住时机，创造出一切条件；选择了正确的方向之后，我们就不会迷茫，就不用再去思考自己到底要去哪里，就不会像钓鱼的猫咪那样，蜻蜓来了要捉蜻蜓，蝴蝶来了要捉蝴蝶。

家书点睛

目标能使人不沉湎于现状，激励人不断进取，能引导人不断开发自身的潜能，最终取得成功。设定明确的目标，是所有成就的出发点。百分之九十八的人之所以失败，原因就在于他们从来都没有设定自己明确的目标。

幸运女神眷顾勇敢的人

家书原文

亲爱的约翰：

几天前，你姐姐塞迪高兴地告诉我，说她撞了大运，她持有的股票为她赚了大钱。我想现在塞迪肯定还沉浸在兴奋之中无法自拔，但我不希望她因那些钱而得意忘形，乱了方寸。我警告她，小心别被运气扔到失败的田野上。

很多成功人士在公开场合都会说，他们的成功来自于自身的实力，而绝非运气！他们告诉那些正在打拼的人，运气是靠不住的！然而，现实中，大多数人都是运气的忠实拥趸。认为获得机会是要靠运气的，这绝对是对机会和运气的概念混淆，获得机会与否，和运气是没有必然关系的！

约翰，想一想你认识的那些幸运儿吧，你几乎可以肯定的是，首先他们都不是谦谦君子；其次，他们总是表现出自信的神态和天下无难事的态度，甚至表现得非常大胆。其实，这里面潜藏着一个鸡生蛋、蛋生鸡的问题——幸运儿是因为幸运才表现得自信和大胆的，还是因为他们的“运气”来源于自信和大胆呢？我的答案是后者。

勇者大多都很幸运，这是我的人生经验。强者不一定都能取得最终胜利，充满活力、勇敢无畏的人也有获胜的可能。当然，也有很多人认为谨慎比勇敢更重要。但是，在我看来，勇敢比谨慎要更引人注目，而且更受欢迎，懦弱是无法与其相提并论的。

一个充满自信雷厉风行和一个优柔寡断的人哪个会更受人拥戴？我想我们都会选择前者。这可能是我们心中的英雄情结，但可以佐证一个事实，英雄都是勇敢的，我们喜欢勇敢的人。因此，勇敢是成功的必要条件。无论是领袖还是业界叱咤风云的人物，哪一个不是勇敢的？即便一个普通的职员，勇敢的那个也会更受领导青睐。

我的经验告诉我，大胆而果敢的人能完成最出色的交易，能赢得别人的支持，并形成最强有力的结盟。而胆小懦弱、优柔寡断之人，却很难赢得上述各项利益。不仅如此，大胆而果敢对每个人的成功也大有裨益，因为他们会配合自己的期望，设计好各项计划和步骤，以期实现成功。

当然，拥有勇气和自信并不能保证你一定会成功，但它会对成功有一个展望。换言之，如果你认为自己是个赢家，你身上所表现的就是一个赢家的行为。那么，你就很可能付出努力去让自己成为一个真正的赢家，从而拥有好运。

当然，我说的勇敢者并不是那些不可一世的狂妄之辈，更不是头脑简单四肢发达的一介莽夫。我说的勇敢者是那些智勇双全的人！比如一场古代战争，靠一身蛮力冲到最前面的，大多死在了敌人手里，真正的胜利者必然是经过谋略和计划的人。身未动，思想先行，计划好每一个步骤，才是真正的勇敢者，而这样的人，才能最终战胜敌人。就像在很多年前，我大胆地买下莱玛油田那件事情。

在那之前，原油终将枯竭的问题始终困扰着石油界。连我的助手都在担心在石油上不能长期获利，而悄悄地卖着公司的股票。甚至有些人建议公司趁早退出石油业，转行做其他更为稳定的生意，否则我们这艘大船很难返航。作为领袖的我面对如此境况不能像他们一样哀叹，而是应该燃起所有人的希望。于是我安慰恐惧中的人们，上帝不会抛弃我们的。

终于，上帝再次眷顾了我们。我们在俄亥俄州莱玛镇发现了石油。然而，上帝在眷顾我们的同时又和我们开了个玩笑，莱玛的石油散发着一种异常的臭味，这种气味用常规方法都不能去掉。面对这种状况，很多人刚刚燃起的希望又破灭了。但我并没有悲观，而是对莱玛油田充满信心。我甚至预见到，只要我们独占莱玛，我们就能一统石油界。我不会让如此良机从我身边溜走的，否则我的名字将成为蠢猪的代名词。我郑重地告诉公司的董事们：这个机会千载难逢，我们赚钱的时候到了！

然而，令人遗憾的是，我的意见遭到了胆小怕事者的反对。将意见强加于人不是我的性格，我希望通过融洽而愉悦的讨论，使大家最终统一意见，能赞同我的提议。

那是一次漫长而没有结果的等待。我内心充满了忧虑，因为我们已经建立了世界性规模的巨型炼油厂，它需要吃掉源源不断的原油，就像饥饿的婴儿贪恋母亲的乳汁一样没有穷尽，但宾夕法尼亚的油田此时正在逐渐凋敝，其他几个小油田也已经开始减产，如果长期这么任其发展，我们只能依赖俄国的原油，几乎可以肯定的是，到时候俄国人一定会利用他们对油田的控制，来削弱我们的力量，甚至彻底击垮我们，把我们赶出欧洲市场。但是，一旦我们拥有了莱玛镇的石油资源，我们还可以继续当赢家。再也不能等下去了，我该行动啦！

在董事会上，保守派依然拒绝同意我的意见，这在我的意料之中。但最终我还是以让他们大吃一惊的方式，说服了他们。我说：先生们，如果不想让我们这艘巨轮沉入海底，就必须保证原油供应。现在，莱玛地底下的石油正迫不及待地等待我们的开采，那将是无法估量的财富。看在上帝的份上，请不要因为那些诡异的气味而判定莱玛的石油没有市场。我相信上帝，他赐予我们的东西都有价值，我相信科技会为我们扫清障碍。所以，我决定投入我自己的钱，并甘愿承担两年风险。假如将来赔钱了，我自己承担一切后果；假如将来成功了，公司可以把钱还给我。

就这样，我用决心和诚意打动了他们。反对派的领袖普拉特先生眼含热泪地对我说："约翰，你赢了。既然你这么坚定，那么我们就一起干吧，你能冒这个险，我们也能！"正是这种团结协作的精神，让我们的公司不断壮大。

事实证明，我的选择是对的。我们投到莱玛油田的巨资获得了巨额回报。全美最大的原油生产基地成为了我们的囊中之物。而在莱玛的成功又激发了我们的活力，使我们在石油界前所未有的大收购中捷报连连。结果正是我们所期望的，我们成了石油界最令人畏惧的"航空母舰"，一统石油界的天下，地位不可动摇。

约翰，你必须知道，态度有助于创造运气，而机会和运气就在你的选择之中。如果你有百分之五十一的时候做对了，你将会成为英雄。这是我对幸运的最深体会。

爱你的父亲

1898.10.7

家书延伸

我们很希望成功，但是成功需要敢闯敢试、敢打敢拼，而闯荡就意味着要离开自己的父母亲人，离开多年熟悉的环境，去独自面对莫测的环境，必然伴随风险。因此，很多人怕承担风险，不敢闯荡，最终与成功失之交臂。

我们的人生需要去努力尝试，要有拼搏进取的精神，在目标的召唤下勇敢地去做、勇敢地去闯。虽然开始我们并不知道结果如何，但仍需要尝试、试验、挑战，因为能拯救自己的只有自己。如果因为懦弱和恐惧畏首畏尾，或者坐等幸运女神的青睐，等来的只能是悲哀的结局。

勇于拼搏的人更易获得成功。在成长的过程中，不论是自然环境还是社会环境，总有一些意想不到的困难在等待着考验你，只有勇敢去闯的人，才会最终走向成功。特别是习惯于依赖父母，在温室中长大的年轻人，要消除自己的一身娇气，敢闯敢拼，敢于吃苦，才能增加自己成功的筹码。

当然，强者不是天生的，强者也并非没有软弱的时候，强者之所以成为强者，就在于他善于战胜自己的软弱，用信心战胜困难。

许多困难实际上并没有你想象的那么可怕，任何困难都是可以克服的，只要你敢想、敢闯、敢试、敢干，困难自然迎刃而解。人生的许多东西是需要勇气去尝试的，因此，面对挑战要勇于拔剑，不当可耻的逃兵。如果临阵退缩，就会使目标离我们越来越远，最终等待我们的是失望和失败。

家书点睛

勇者无惧，未来属于勇者。当你遇到困难的时候，要有豁出去的胆量。这样做，是为了让自己得到锻炼。因此，尽量不要理会那些使你认为你不能成功的疑虑，勇往直前，哪怕最终失败也要去做做看，其结果往往并非真的会失败。

每个伟人，都有着永不言败的精神

失败这个词，永远不要说出口

家书原文

亲爱的约翰：

今天是一个伟大的日子！今天，美利坚合众国的全体公民，都怀着一种特有的思念之情，来纪念那个伟大而罕有的灵魂——无愧于上帝与人类的前总统亚伯拉罕·林肯先生。我相信，这对林肯来说是受之无愧的。

我认为，没有人比林肯更加伟大了。他以不屈不挠的精神和仁爱之心，解放了四百万卑下的黑人奴隶，同时，打破了两千七百万其他肤色的和中国公民的灵魂枷锁，结束了种族歧视造就的灵魂扭曲的罪恶历史，为美利坚合众国创造了一段成功历史。国家因他而避免了毁灭，并融合不同宗教、种族、语言和肤色，创造了一个全新的国家。这是一个自由的国家，而他，是这个国家最伟大的英雄。今天是他的百年诞辰，国民对他的追思，就是对他最好的肯定。

然而，当我们重温并感激他的伟大成就时，我们更应该吸取并发扬光大他那执著的决心与勇气——这正是他的人生所具有的特殊教育意义。

我认为，我们纪念他的最好方式，就是以他为榜样，让他永不言弃的精神照耀美国大地。

在我心中，林肯永远都不会被困难所吓倒，他是不屈不挠的象征。他曾一贫如洗，也曾无家可归。他经商失败的经历一次比一次更惨，因此，他有十多年的时间都是在清偿债务。他从政的道路也不是一帆风顺。他两次竞选州议员，第一次惨遭失败还因此丢了工作，但第二次成功了，然而，紧接着，他的亲人离世，让他陷入痛苦，而竞选州议员发言人的时候又失败了。如果他丧失信心，那么，我想就不会有今天的举国追思了，甚至美国是什么样子都不好说。他在竞选美国总统时，六次失败，但因为他的不放弃，最终成就了传奇。

失败对每个人来说，都是沉痛的打击。让我们来听听林肯激励自己的话："这不过是滑了一跤而已，还可以再爬起来。"这就是克服困难的力量，更是林肯成功的利器。他用自己的一生证实了一个伟大的真理：除非你放弃，否则你就不会被打垮。

希腊伟大的演说家德莫森，因为口吃而性格腼腆害羞。他父亲死后给他留下一块土地，希望他能过上富裕的生活。但是根据当时希腊的法律规定，他必须在声明拥有土地权之前，先在公开辩论中赢得所有权。不幸的是，他因为口吃加上害羞，结果遭到惨败，并失去了那块土地。但是他并没有被击倒，而是发奋努力，战胜了自己，结果创造了人类历史上不曾有过的演讲高潮。历史忽略了那位取得他财产的人，但是几个世纪以来，整个欧洲都记得一个伟大的名字——德莫森。功成名就是由不断的奋斗累积的。那些伟大的人物，几乎都受过无情的打击。他们每个人都曾险些宣布投降，但是因为他们坚持到了终点，所以获得了辉煌的成就。

有太多的人低估他们所拥有的，却又高估他们所欠缺的，以致丧失了成为胜利者的机会。这不让人感到悲哀吗？

没有不经失败就能成功的幸运儿，林肯是最好的例子。失败不重要，重要的是我们怎样对待失败，不要因为失败而成为懦夫。如果我们尽了最大努力仍不达目的，就应该在失败中汲取经验教训，以期在今后能够精彩地迎接挑战。

说实话，我没有资格和林肯总统作比较，但是有些精神我们是共通的。我痛恨生意失败，不想失去金钱，但真正让我关心的是，我害怕在以后的生意中因过于谨慎而变成懦夫。如果真是那样，我的损失将不可估量。

普通人在失败之后就会很难在坚持下去，而成功了才会倍受鼓舞地前进。但是林肯是个例外，他会在失败和挫折之中越变越坚强，用这些来刺激自己那颗求胜的心，来寻求更好的方式方法获得成功。他有一句话说得好："你无法在天鹅绒上磨砺剃刀。"

毅力是无法被取代的。那些才华横溢的人比比皆是，但是能够成功的却是凤毛麟角，只因为他们缺少了毅力和决心，只有同时具备这两样东西，才能够无坚不摧，最终寻求到成功的途径。

当我们继续迈向高峰时，我们必须记住：每一级阶梯不是供我们休息用的，它只让我们踩踏足够的时间，然后再登上更高一层。我们在途中难免会疲倦，但就像一个拳击手所说，你要再战一个回合才能得胜。碰到困难时，我们不能轻易放弃，爱拼才会赢。每个人都有无限的潜能，我们要发掘它，并坚持利用，否则毫无意义。

把握机会的关键是努力奋斗。在追逐机会的路途中，毅力与努力都非常重要。每一回说"不"都会使我们离"是"更近一步。"阳光总在风雨后"，这句话并非口头禅，我们只有经历了失败的风雨，才能迎来成功的阳光普照。

今天，我们不能单纯地缅怀、赞美林肯总统，请不要忘记要用他一生的事迹来激励我们。即使这样做了，我们依旧还没有取得成功，我们依然是大赢家，因为我们的知识会让我们懂得如何面对人生，这是最大的成功。

爱你的父亲

1909.2.12

家书延伸

常言道："胜不骄，败不馁。"没有人会一直是常胜将军，自然也就没有人会一直失败。

有时候，成功相对于某些人来说不算太难，难的是成功之后是否还能把握好自己的心态，不要将一时的成功当成是永久的胜利，成功过一次以后就开始自以为是起来。对待成功的态度也开始盲目，从此以后只看得到自己的长处，心里也过分地夸大自己的能力。要知道，生活总是有太多不同的挑战，你能攻克这一关，未必就能攻克下一关。

古语说"生生相克"，其实也是这个道理。人生也是如此，当你春风得意之时，千万不要因此而沾沾自喜，世上没有绝对的事情，你一时的成功并不能代表日后都能事事如意，要记得收获自己成功果实的时候也要淡然面对自己的成功，不要把这一时的成功当成永远屹立不倒的丰碑！一时的成功并不能代表什么，人生的路还很长，如果你只享受这一次的成功，那么你很快就会被又一次地打败。

每个人都有被人肯定的成绩，面对这些肯定，切记不能忘乎所以，不能被自己无限放大。你可以肯定自己今天所付出的努力没有白费，给自己一些鼓励，为迎接下一个挑战作准备，可以让自己在下一个挑战来临之时有更强的迎战能力。但是，如果你用这些成绩来放大你自己，那么你看到的自己将不再真实，你会忽视今后可能遇到的困难和失败，只会在这一刻的虚荣里无限膨胀，忘乎所以。我们不敢保证下次成功会唾手可得，也不可能将一次成功当成永恒。一直停留在过去、停留在曾经的成绩带来的浮躁和骄傲中，是不可能勇敢面对未来的，若再遇到困难，很可能便没有勇气去面对了。

一旦过分肯定了自己，觉得自己就是那么的出类拔萃，你会觉得自己高人一等，认为自己的学识总比他人渊博，你在别人眼里就会变得无知和浅薄，人们对你只会渐渐地远离、孤立甚至挖苦嘲讽。

成功只是一时的，是对你以前的努力的肯定，如果一时的成功让你觉得以后肯定都一帆风顺，那就错了，成功从来都是眷顾那些永远有着憧憬、不断拼搏的人。

家书点睛

骄傲带给我们最大的坏处就是让我们变得更无知、更盲目，渐渐地让我们看不清远方的路，认不清楚自己的方向，让我们常常自我满足，觉得自己已经站在了人生的顶峰之上，已经开始一览众山小了。其实这个时候我们大多都还在山间那些曲折的小路上徘徊。时刻记得将骄傲当做阻止我们前进的劲敌。

美丽的图案都是由耐心织就

家书原文

亲爱的约翰：

首先我应该感谢你对我的信任，因为你告诉了我你退出花旗银行董事会的决定。但是对于你的决定是否明智，我们都无法作出定论，只能是靠着时间来加以认证。我非常理解你做出这样的决定所出于的原因，因为你的合作伙伴的一些所作所为让你无法忍受了。但是，如果你懂得忍耐的道理的话，我相信你留在那里将会获取更多的利益。

普通人的理解，屈从会让一个人的思想受到禁锢，自尊心受到伤害。可是对于一个胸怀大志的人来说，懂得忍耐，往往是一种通往成功之路的策略。我也曾经使用过这个策略，经历过屈从的阶段，但是在忍耐过后，我得到的是巨大的收益。

创业之初总是资金缺乏，我的那个合伙人克拉克先生便邀请他的一位同事加德纳先生入股，因为有了他的加入，我们也会有充裕的资金去做更多我们想做的事情，对此我深表赞同。可是令我意外的是，加德纳先生的加入不光给我带来了资金，同时还有一份屈辱。由于加德纳先生出身名门贵族，所以他们想要用这个姓氏来吸引更多的客户，便要求把洛克菲勒的姓氏从公司之名中除去，由克拉克—洛克菲勒公司更名为克拉克—加德纳公司。

我的自尊心深深地受到了伤害！这换了谁也会愤怒，我也不例外。

因为出身问题就被公司除名，毫无道理和意义，何况加德纳带来的只有钱。但是我尽量克制了自己的情绪，并没有在人前表现出丝毫的不满，我告诉自己，今后的路途还很遥远，保持冷静。

我表示若无其事，其实内心已经愤怒至极点。你考虑一下，换做是你，还会有如此的宽容大度，当真若无其事吗？可是我知道我必须这么做，因为越是这个时候越体现了忍耐的价值。只是我的理智告诉我，这把怒火要用忍耐来扑灭，只有这样，才能在今后的长远路途中寻求更好的机会。

我没有和我的合伙人因此而产生隔阂，因为事后我并未追究克拉克对此的决定，因为即便是恼怒，大发雷霆，也只能让事情更为糟糕而已，并且于事无补。我冷静地分析了当前我的状况，如果让我的事业更好的发展，就必须选择和克拉克继续合作，否则之前的努力都会付诸东流，一切只能从头来过。所以，我最终选择了忍耐。

孩子，忍耐有时候是一种策略，它并不是一味的屈服，而是要给自己一个冷静分析思考的机会，让自己更清晰地判断更加接近你最终目标的选择。首先考虑自己最终的目的，然后左右衡量你的选择哪一个利益比重对你最大。如果当时我选择发火，我想最后的结局必然是被踢走，对我毫无利益可言，所以，我的目的是事业发展，而只有团结才能达到这个目标，这个目标就是给予我忍耐的一种力量。

我明确我的目标，知道自己的方向。我像原来一样，对待工作充满热情，享受着工作带来的乐趣。第三年，我成功地把那位奢侈挥霍的贵族加德纳先生请出了公司，重新找回了克拉克—洛克菲勒的公司牌子，并且已经步入了富人的行列。我记得，从那个时候起，人们开始尊敬地称呼我为洛克菲勒先生。

忍耐是一种策略，并非忍气吞声，也绝非卑躬屈膝。同时，忍耐也是对人性格的一种磨练。它不仅孕育了无穷的力量，还孕育了好胜之心。这就是我与克拉克先生合作时的心得体会。

对于合作关系，我推崇平等、冷静的商讨。不过，克拉克先生似乎和我不同，他在我面前总是一副居高临下发号施令的姿态。在他眼里，我是一无是处的小职员，只懂得记账管钱，而且他总认为我目光短浅，甚至当面对我贬低，说如果没有他的话我一文不值。我对此并不止是反感的情绪，我还把这当成一种挑衅，不过，我还是选择了忍耐，虽然表面我并没有表露什么，也没有为此与他起冲突。不过，内心深处我早已经立他为开战的目标，并且为了这场战争在做着准备，我内心对自己非常尊重，所以我不断在内心之中对自己说：只有超越他、战胜他，才是对他最好的反击，站在他的头顶之上，才是狠狠地给了他一记耳光。

结果正如你所知道的那样，克拉克—洛克菲勒公司永远成为了历史，取而代之的是洛克菲勒—安德鲁斯公司。从此，我搭上了成为亿万富翁的特快列车。能忍人所不能忍之忤，才能为人所不能为之事。

圣经上记载：冲动是魔鬼。这是非常准确的一个真理。冲动可以引诱你走向万丈深渊，甚至让你一蹶不振，直至让你跌入谷底。安德鲁先生便是这样的一个例子。他是一个固执己见而且自以为是的人，他并没有商业头脑也没有成功者的雄心，并且在他内心存有邪恶的偏见，这也是导致我们之间注定会发生冲突的诱因。

最终导致我们分道扬镳的冲突起源于公司发放股东红利。那一年，我们收益颇丰，于是对于分配资金上面我们便产生了矛盾。我希望股东能够把其中一半的收益继续投入到公司的经营之中，而并不是股东们把所有的收益全部分走。可是安德鲁却急于想要把赚来的钱全部分完，所以对于我的提议坚决反对，甚至威胁我要离开公司。于是，我只有和他摊牌，因为我再也不能忍受他阻碍公司的发展，我便请他为手中持有的所有股份开个价位，他开口便要求一百万美金，我第二天就支付了这笔款项，从他手中收购了所有的股份。

安德鲁自以为捡了一个大便宜，因为他没有看到这些股票的价值，不过很快他就开始懊恼，并且责骂我手段卑鄙，因为没多久我便把这些股票一百三十万转手了。在听到他的责骂之后，我不想因为三十万就背负这个骂名，于是请人转告，他愿意的话可以原价收回这些股票，可是安德鲁先生赌一时之气，直接拒绝了我。这可是拒绝了一个成为全美国的巨富的机会，今天这些股票的价值是上千万，所以一时的冲动，让他丧失了一个绝佳的成功机会。

儿子，这个世界上有太多的人和事情需要我们忍耐，能够激发我们冲动的人和事情也很多。因此，你需要进行不断的自我修炼，提升管理情绪和控制感情的能力，注意在决策时不受情感的影响，而是完全根据需要来做出决定，更要永远知道自己想要什么。在机会的世界里，很多时候，机遇是可遇而不可求的。如果你真的想成功，你就一定要把握并保护自己手中的机会，同时还要设法抢夺别人的机会。

记住，时刻把忍耐放在内心，它将是给你带来巨大财富和机会的最好的工具。

爱你的父亲

1902.9.2

家书延伸

漫漫人生路，我们时常会遇到除了忍耐以外没有办法解决的事情，我们对此感到无可奈何、无能为力。但面对同样的境遇，有的人觉得事事艰难、心灰意冷，由此对人生失去了更多美好的憧憬和行动的毅力。而有些人却能在万般的忍耐中，以平和的心态坚持自己的行事准则，由此扩展了自己的人生格局。

很多人总是在忍耐的时候倍感痛苦，这是人之常情。哲人说，忍耐其实不是一种痛苦，真正的痛苦在于你不愿去忍耐。有心人会在短暂的、有时限的忍耐之后，踏实肯干，提升自己的人生境界；而那些不愿忍耐的人，在获得片刻的舒心之后，必将会用一生的时间来面对人生的艰辛，忍耐生活的困苦。

聪明的人会努力将人生的每件事情都变得富有意义，忍耐在他们的心中也是如此。忍耐是痛苦的，但它更代表着一个人踏实肯干的作风。

当我们步入社会时，大多从事着平凡的工作，干着琐碎的事情。看着那些资历老的员工每天悠然自得地工作着，你是否会有些嫉妒呢？再多的怨愤也无济于事，只有努力干好自己的事情，才能把握机会，获得突破。

在现实生活中，许多人在步入社会的初期都拥有远大的抱负，一心想一鸣惊人，而不能脚踏实地地做基础的繁琐工作。等到某天，他突然发现那些比他资质差并且起步晚的人，都已经有了一番作为，他才发现自己一无所获。他这才明白，不是上天没有给他机会，而是他心浮气躁，不愿忍受拼搏的过程，最终两手空空。

许多年轻人做事的心态都很急躁，总是希望一竿子下去，立即打下红彤彤的枣来，在通往成功的道路上要学会忍耐，才能更有助于美好结果的到来。

有人说，二十岁的时候，我们受诱于情人；三十岁的时候，我们受诱于财富；四十岁的时候，我们受诱于地位；五十岁的时候，我们受诱于声望。我们总会由于种种原因而心浮气躁。然而现实总是跟我们开着不大不小的玩笑。越是急着奔跑的人，就越容易摔倒。唯有心平静气能耐住寂寞的人，在别人大肆挥霍青春的时候，暗暗积蓄爆发成功的力量。

种子要是不能经受在黑暗土壤中的煎熬，就不会破土而出，长成参天大树了。唯有踏实肯干、去除浮躁的人，才懂得忍耐的真谛，才能扎扎实实、循序渐进、一步一步地登上事业的巅峰。

家书点睛

忍耐是成功前的考验，它会让你沉淀下来，深度思考，自我反省，并最终大放异彩。在现实生活中，我们不要过早地为自己一点点的灵感迸发而沾沾自喜；要沉得住气，静得下心，学会忍耐，让灵感在思索中进一步升华。

没有雄心，不成大事

家书原文

亲爱的约翰：

我的那位汽车大王朋友亨利·福特还记得吗？昨天他来看望我，我得知了他的成功秘诀——要成大事，必须有雄心。我很佩服这位来自密歇根的富翁。虽然他既执着又坚毅。我们的经历惊人的相似：当过学徒，干过农活，合伙开工厂，通过奋斗，成为这个时代全美国最富有的人之一。

没有任何一个美国人能和福特先生相比较，他是新时代的缔造者，他完全改变了美国人的生活方式。我绝不是恭维他，这一点你看看街上川流不息的汽车就知道了。因为他，汽车这种奢侈品才变成了几乎人人都能买得起的生活必需品。他能成为亿万富翁，就是因为他创造的奇迹。当然，他也让我赚足了钞票。

人生在世，必须要有雄心和目标。否则，他就像一艘没有舵的船，永远漂泊不定，也无法到达成功的彼岸。福特先生的野心就超过了他的身高，他要建立一个人人都能拥有汽车的世界。这是他人所无法想象的。然而，他成功了，他不仅称霸了全球小汽车市场，并且为福特公司赚得了惊人的利润。用他自己的话说：“那不是在制造汽车，而是在印刷钞票。”真的不难想象，成为富翁，又享有“汽车大王”的赞誉，名利双收的福特心情有多好。

我的一个人生信仰被福特所创造的成就证明了：财富和目标是成正比的。假如你的志向远大，那你的财富也会堆积到云层那么高；假如你就想混混日子，那么，你也就是碌碌无为度日甚至一事无成，就算财富就在你眼前，恐怕你也只能得到可怜的一点。福特成功之前，很多制造商都比他有实力，然而他们破产的也很多。

人活着得有目的。我的心得体会是，一个人如果不是在计划成功，那就是在计划失败。我从小就想成为富豪，这是我一直以来的梦想，我也从不缺乏雄心。这个梦想对一个穷小子来说，似乎遥不可及。但是我认为，要想有所成就，必须要有刺激——一个伟大的目标，所以，一个人的目标必须定得高远。那样才会刺激你发挥全部力量，如果没有，那等于失去了强大的向前的推动力。不能激励心灵的小计划千万不要定制。现在我还时常这样提醒自己。

成为伟人的机会并不像湍急的尼加拉瓜大瀑布那样倾泻而下，而是如石柱滴水。如果你期望伟大的人生，你必须每天朝着目标努力。但对于一个穷小子来说，如何才能将这个肥皂泡般的梦想变成触手可及的现实呢？是去靠努力为别人工作来实现它吗？我不得不说，这种想法是极其愚蠢的。

我始终相信一点，为自己勤奋，肯定能成为富人，不过，努力为别人工作一定成功，这点我不信。在我住进百万富翁大街之前，我就发现，很多穷人都在努力工作，无论工作如何，靠着给别人打工而变富裕的人，少之又少。老板的薪水，只够员工过合理正常的生活。可能雇员挣钱不少，但是，现实是残酷的，想变富，真的太难了。

我一直认为，“努力工作一定会致富”是一句谎言；而且我也从不相信，为别人工作足以积累可观的财富；相反，我笃信这样一种观念：只有为自己工作才能致富。因此，我所采取的一切行动，都是忠于我的伟大梦想，以及为了实现这一梦想而不断达成的各个目标的。

我人生中找第一份工作的时候，我的目标就是到一个一流的公司，成为一个一流的支援。只有这样的公司，才能给我高规格的锻炼，锻造出我的品质，开阔我的眼界。当然，还有一份可观的酬金，为我未来的事业积累资本。作为我以后成功之路上的坚实基础。

在大公司工作，能够造就我以大公司思考方式面对问题解决问题。这是我一心仰慕大公司的重要原因。为了进知名企业这个目标，我可以说是吃尽了苦头，冒着酷热难耐的天气，去银行、铁路公司……虽然都被拒绝，但是我仍然不顾一切地寻找工作，那时候，我生活的唯一就是找工作。早晨开始就抖擞精神，去接受一轮轮预约面试。我为此列了一个意向公司名单，当我把他们全跑遍以后，结果却是一无所获。

你也许会觉得这样是很不幸的，不过，谁都没法阻止你前进的脚步，如果有，那也只能是你自己，我不断告诫自己，你是唯一能永远坚持下去的人。如果你的梦想不想让别人偷走，你就必须经受住挫折。这种挫折可以让你越挫越勇，更坚定自己的决定。我又从头开始，甚至有的公司，我跑了好几次。

六个星期后的一个下午，我的求职大战终于以胜利告终。1855 年 9 月 26 日，我被休伊特·塔特尔公司雇佣。那是极其平常的一天，但对我来说却至关重要，它足以决定我未来的一切。时至今日，每当想到这件事情的时候，我都会思考，如果当时我没有得到那份工作，我将会怎样？我的未来又会怎样？想到这里都会令我心灵颤动。因为我深知，这份工作给我所带来的，而且我失去它之后又将会有什么样的结果。所以，我这一辈子都把 9 月 26 日当做我的“重生之日”来庆祝，我对这一天所抱有的情感远远胜过我的生日。

写到这里，我都禁不住要泪流满面了。

人生就像一个永不停转的时钟，如果停下，就会被时间抛在脑后！三年后我带着超越一般人的能力与自信，离开了休伊特·塔特尔公司，与克拉克先生合伙创办了克拉克·洛克菲勒公司，开始了为自己效力的历史。

如果一个人在百般辛苦之后，却一无所获，那这个人肯定是在愚蠢地努力工作。如果把每一份工作当成自我锻炼，当做自己事业的接替，那才是创造财富的开始。我十八岁就跻身贸易代理商，给自己当老板的感觉真的难以用语言表达，那的确棒极了！但我不会沾沾自喜，我常常会告诫自己：

“你的前程取决于已经过去的每一天，你的人生终点是全美首富，你离这个目标还很遥远，你要继续为自己努力。”

成为全美首富，是我努力的依据和自我鞭策的动力。之前的几十年，我一直在追求卓越几乎达到了虔诚的地步。因为对我来说，最后一名和第二名是一样的，做就要做到第一。因为这种对自己的苛刻，我才可以统治美国石油工业，并且这地位是牢不可摧的。

人一生都生存在希望之中，但我更多的是在追逐目标的现实过程当中。我的人生规划和目标是首要地位，我所做的一切，所付出的所有努力都是为了我最终目标的实现，这是我所忠于的人生的规则。

上帝恩赐给我们健康的体魄、聪慧的头脑，不是为了让我们拿来炫耀和挥霍，而是为了让我们取得更多的成就。二十年前的今日，虽然联邦法院解散了那个在我看来的美好的大家庭，但是每每我想到自己所取得的一切，我还是会忍不住兴奋地颤抖。

人生最美好的意义，就是一个追求和取得的过程，我们只要坚定了目标，摒弃一切困难，不断努力奋进，不断地拼搏之后，才能够抵达卓越的巅峰。

爱你的父亲

1931.3.15

家书延伸

相信奇迹的人才能创造奇迹。这不是一种巧合，而是一种积极的心理暗示，这种暗示往往会让你收获成功，迸发出超越他人的力量。有些奇迹是很难让人相信的，但是人类却依靠自己的吸引力不断让奇迹在身边上演着，比如飞机上天、登月、探查火星等，这些都是以前人们不敢想象的，但是现在我们却一一实现了。社会仍然在不断向前发展，必然还会有更多的奇迹出现，只是等待我们去创造罢了。

我们都知道存在决定意识，但我们也常常会为意识的产生而纠结，因为意识的产生很难用常规思路来解答。在实际生活中我们体会过一种现象，那就是预感，其实，预感恰恰就是潜意识发挥效应的所在。

一般来说，天赋决定一个人的才能，而天赋又是无法改变的。但其实，大多数人的潜能需要被外界环境的刺激才能激发出来，一旦将潜能激发，加以正确的引导和开发，就能让自己功成名就，否则，引导不当的话，自己也就会沦为平凡。因此，如果人不将自己的潜能激发并好好发扬的话，那么，原有的才能也会早晚不保，还会变得迟钝并失去它原本的力量。

爱迪生说："我最需要的，就是有人叫我去做我力所能及的事情。"表现自我的最好方法就是先着手去做自己力所能及的事情。某些名人做不到的事情，也许"我"就能够做到，只要倾尽全力，将自己的才能发挥到最大限度，才有获得成功的可能。人体蕴藏的潜能是巨大的，但潜能需要人的开发和引导，才能造就出伟大的成就。

倘若你与一群失败者面谈，你就会发现：他们失败是因为他们从来不曾走入过足以激发人、鼓励人的环境中，是他们的潜能没有被发掘出来，是他们在不利的外在环境中一蹶不振。

所以努力与那些了解你、支持你、鼓励你的人接触，充分地认识你的潜能，他们会带给你不一样的改变，对你日后的成功也必将产生重大的影响。同时多接触在这个世界上留下足迹的人、有所成就的人，或许他们的一句话、他们的一个行为都会成为你改变的开始。所以，请给自己一些这样积极的心理暗示吧，将自己的潜能最大限度地发掘出来。

家书点睛

中国人常说，相由心生。很多时候，成功也是如此，只有我们敢去想，不断被自己的潜意识所催化，我们在心中才会产生一种奋进的动力。潜能往往会在我们出现瓶颈的时候出现，促使我们卸下疲惫，向着梦想的远方不断迈进。

相信自己，成功也会相信你

家书原文

亲爱的约翰：

你认为雄才大略的人可以创造奇迹，这一点上我和你观点一致。而现如今的情况是：平庸之人比比皆是，创造奇迹的人凤毛麟角。

每一个人都希望美好的事物与自己有缘，并且希望自己有巨大的作为，而且每个人都不喜欢阿谀奉承，讨好巴结。谁都不想过碌碌无为的生活，每一个人都认为自己很重要，或者感觉自己是被迫陷入了某种境况。

其实，最早的智慧之书便是《圣经》，圣经中最有智慧的一句话是“坚定不移的信心可以移山”。可是，很多人都熟悉这句话，为什么还是会成为一个失败者呢？我想是因为相信自己能够移山的人为之少数，既然都不相信，那么做到的人肯定就更加稀少了。

多数人看待这句圣言的首要思想便是：非常荒谬，绝不可能，根本做不到的。而我却看出了这些无可救药的人们所犯的一个既是常识也是致命的错误，那就是他们混淆了“希望”和“信心”。的确，我们无法单纯地利用希望去移走一座高山，同样不能依靠希望一步登天，拥有财富和地位；而我们却可以依靠信念去移走高山，也就是说，信念支撑和鼓励着我们去付诸行动，我们要相信自己定能成功。信心会让你用正确的态度面对困难，积极乐观的态度也能够凝聚解决问题的力量，有了信心就能够很快地寻找到解决问题的方案，成功也会随之而来。

人人都“希望”有朝一日登上最高阶层，享受随之而来的成功果实。但是，他们中的绝大多数人却恰好不具备成功所必需的信心与决心，因此他们也无法到达人生的顶峰。也正因为他们不相信自己能达到，所以他们找不到登上顶峰的途径，他们的一生也没有取得令人羡慕的成就。但是，有些人相信他们总有一天会成功，并且抱着“我要成功”的心态来奋斗，凭着坚定的信心从而达到目的。我就是其中一员。当我还是一个穷光蛋的时候，我就相信自己一定会成为第一富豪，强烈的自信激发出我喷涌的灵感和不尽的潜能，最终让我登上了石油王国的宝座。

我从不相信“失败乃成功之母”，我相信“信心是成功之父”。胜利是一种习惯，失败也是一种习惯。要想成功，必须取得持续性胜利。这样，你才能成为强者。信心是激发人成功的动力。有信心就有成功的可能，信心是一切的动力。相信自己会成功，是成功者必备的一项基本要素。失败者往往“慷慨”地丢掉了它。

我也曾经和多个在生意场上遭遇过失败的人交谈过，在他们口中我听到了无数的理由和借口。他们总是下意识地脱口而出“我不认为它能够行得通”“我在开始前就有不好的预感”“我已经料到了这件事情的失败”等等一类的话语，这种态度，也是失败的一大重要因素。因为失败已经存在于你的潜意识里面，你对事情的成功产生质疑的时候，内心会涌现出各种各样的理由来支持你的怀疑，所以潜意识里的失败，有可能最终领你走向真正的失败。只有相信自己定能成功，潜意识才会能够引领你步入成功。

成就的大小是由信心的大小决定的。那些平庸的人，内心之中已经认定了自己做不了一番大事，所以就得过且过，这也是他们得到很少的报酬的原因。他们自己就认为自己十分卑微渺小，相信自己不能做出伟大的事，也觉得自己所做的事情都无足轻重，所以久而久之，他们真的什么也做不到。而随着时间的增长，这种情况便会越来越严重，演变成越来越缺乏自信。如果自信不能得到提高的话，那么他们在自我评估中会逐渐畏缩，之后越来越自卑、渺小。而那些乐观积极向上的人，能够肯定自己的价值，信心满满地做好每一件事情，因此能够获得更高的报酬，他们不畏惧接受工作中的挑战，充满自信地去做好每一件事情，久而久之，他们的信心会更加提升，他所做的每一件事情、他的待人接物、他的个性、他的想法和见解，无不显示出他是一位专家，是不可或缺的重要人物。

信心会照亮我们前进的道路，并且在我们奋斗的途中不断给予鼓励，让我们敢于正视生活，敢于追求理想。任何时候，我都不忘增强自己的信心。当我面临困难时，我想到的是“我会赢”，而不是“我可能会输”。当我与他人竞争时，我想到的是“我和他们一样出色”，而不是“我比不上他们”。当机会出现时，我想到的是“我能做到”，而不是“我做不到”。

相信自己，相信自己一定能够成功！这正是每个人迈向成功的第一步，也是必不可少的基本步骤。要让“我会成功”这个关键性的想法支配我们的思考过程。相信成功，会激发我们的心智，使我们创造出获得成功的计划；相信失败，只会使我们联想一些导致失败的念头。

我时常鼓励自己：成功者也只是普通人，你比想象中更加的优秀。成功者并非有着超人的智力，也不是依靠天降的运气，更没有什么神秘之处。唯一不同的是，成功者都是擅长自我肯定的、拥有自信以及冷静自我欣赏的普通人。

每个人的成功都是自己思想的产物。如果想到的是渺小的目标，可预期成果也是微小的。当然，想到伟大的目标往往就会赢得伟大的成就。而且，伟大的创意与大计划通常比小的创意与小计划来得容易。

那些在商业、传教、写作、表演以及其他领域获得最高成就的人，都能够脚踏实地、持之以恒地奉行自我发展与成长的计划。这项计划会为他们带来一系列的报酬：家人的尊敬、朋友的赞美、自我欣赏及肯定、较高的社会地位和极高的收入等等。

成功是人生的最终目标。它需要我们积极思考、用心呵护。当然，我们在任何时候都要充满自信，绝不能让信念出问题。

爱你的父亲

1903.6.7

家书延伸

世界上没有一件事是“可能”的，也没有一件事是“不可能”的，事情一开始谁都不知道结果怎样，“李宁”广告词说得好：“一切皆有可能。”即使我们真的碰到了“不可能”，也只是暂时没有找到解决问题的方法而已。

人人都希望自己有一个成功的人生，但多数人心里却持着这样一个信念：多数人是不可能成功的，成功是少数人的专利，并且很多人把自己归为那大多数人中。

仔细思考一下，你也在其中之列，你也这么认为吗？

如果真是这样，你的内心已经被消极情绪占据，你就怀疑自己的能力，甚至怀疑自己根本没有能力去实现，“不可能”便成了你为各种障碍所找到的“合理”解释，结果导致内心孱弱无力，即使你真有能力也施展不出。

难道真如我们所认为的，成功是“不可能”的吗？事实上，是决心而不是环境在决定我们成功。成王败寇完全取决于你自己。思想大师爱默生说得好：“相信自己‘能’，便攻无不克。”

决心决定态度。

态度决定行为。

行为决定结果。

的确，不管在怎样的境况下，愿意相信自己“能”，始终相信自己是一个成功者、认定自己是赢家、从来都不怀疑自己的人，他们在不经意间给自己注入了一针强心剂，最终让心愿得偿。

在做事情之前，我们一定要把“不可能”这种消极的心理暗示抛弃，利用“是的，我能！”的暗示，反复激发自己的信心，将“意焦”集中在“可能”上，思考自己是否真的想尽了一切办法、穷尽了一切可能。

需要指出的是，“是的，我能！”不是自信心爆棚的表现，更不是不切合实际的盲目乐观，这是一种激励自我战胜困难的表现，从而保证自己以高昂的斗志迎接各种困难和挑战。

家书点睛

你想拥有无比强大的能力吗？你想取得辉煌的成就吗？那就在心里多念几次“是的，我能！”并将其运用到实际生活和工作中去，如此你会发现，你也可以成为内心强大的人，成功没有什么不可能。

想当大人物，其实没那么难

家书原文

亲爱的约翰：

“你们是世上的盐。”

这是圣经马太福音中的一句话，耶稣借这句话来教会门徒们应该肩负的使命和责任。这个比喻既接地气，又意义深刻。盐是调味料，但又能消毒，又能防腐。耶稣告诉门徒，他们在世上存在的价值，就是改变世界。这个世界有了他们就避免了腐朽，更为上帝子民带来更正能量的生活气息。

我们要做世上的盐，它的咸味儿象征着高尚、有力、虔诚的宗教生活。然而，我们如何做好“盐”？就是利用我们自己的财富、原则和信仰，去贡献社会、造福人类。我们的责任就是用我们无私的给予艺术，服务于众人和世界。这是最伟大的事情。有一篇关于伟大的演讲，说人没有什么了不起，但也是最了不起的！为国家和我们同胞做过贡献的人，是值得你学习的。这篇演讲，我想，会对你有所帮助。

爱你的父亲

1906.6.8

女士们，先生们：

很高兴，今天我和这么多大人物站在一起。是的，你没有听错，不要以为大人物就来自大城市，和我们完全没有关系。那你就错了，错得非常离谱！我可以肯定地说，我们这里，比大城市的大人物一点不少，甚至更多！就在在座的各位之中，无论男女，就有很多的大人物。

这是一个判断或者衡量标准的问题。什么样的人物才称得上伟大？或许你们根本没有概念。也许你们会想象，伟大的人物就是坐在一间敞亮的办公室里，豪华的办公桌后。在这里我要纠正，这个想象是错误的，未必伟大的人物就会有这样一间明亮的办公室。一个人的伟大，并不在于他的外在条件地位，而是在于他自身的价值。身居要职的人就是大人物。一个农夫和一个国王，一个种粮食，一个吃粮食，他们谁更伟大？一个人的伟大体现在他自身的价值上！

我现在要向在座的各位提出一个问题：你们当中有谁想成为一个伟大的人？那个戴牛仔帽的小伙子，你说你总有一天要成为这个城市的伟人，对吗？你打算何时实现这个愿望呢？你说假如在战场，你会在枪林弹雨中勇往直前；你说你将在胸前挂满勋章而凯旋；你说你将担任政府褒奖给你的公职，这样就成为了伟人？ NO！你错了，这不是真正的伟大，当然，因为你受的教育，我不会责备你的想法，但我明确告诉你，不是骁勇善战的人就一定会担任官职！

我记得，美国的西班牙战争刚结束时，这个城市有过一次和平大游行。有人告诉我，当游行队伍走上布洛大街时，有辆四轮马车停在我家大门口，坐在马车上的是霍普森先生，所有人都把帽子抛向天空，挥舞着手帕，大声地叫："霍普森万岁！"但是你们在场，我想，我们都会那么做，这是他应得的荣耀。不过，我现在问你们一个问题。是谁击沉了梅里马克号？是霍普森是吗？我告诉你们，你们错了八分之七！击沉梅里马克号的是八个人，霍普森在炮火之外指挥，另外七个人，在炮火之下！我想，你们也说不出另外七个人的名字。

为什么我们要用这种方式来教历史呢？我们必须教导学生，一个人不论其职位多么卑微，只要做到恪尽职守，那么美国人民颁给他的荣耀就应该等同于颁给一个国王的。

普通人是用这样的方式教导孩子：

小儿子提问：”妈妈，那边那栋很高大的建筑是什么呢？”

“孩子，那是格兰特将军的坟墓。”

“哦，那格兰特将军是谁呢？”

“他是一个平定了叛乱的人。”

这样一问一答的形式，在某种意义上，让我们对于历史传递了一个错误的讯息。如果格兰特将军自己入战场单打独斗，那么他还会成功吗？肯定不会的！可是为什么还要在哈德逊合盘建造一栋高大宏伟的坟墓呢？这并不表示格兰特将军多么的伟大，只能是说明他是这个事件的代表人物，这座坟墓代表了为国捐躯的二十万的勇士，这些勇士之中很多都像格兰特将军一样，是一名伟大的人。这才是这所坟墓建立在那里的真正原因。

我想到一件事情，这也是我唯一所能想到的例子。这件事情之所以让我难以忘怀，是因为每每想起，我便无比的惭愧。

闭上眼睛，回溯到 1863 年，我看到位于伯克郡山的老家，看到了挤满了人的牛市，还有拥挤的市政厅与教堂。我听到乐队在奏乐，看到国旗在飘扬，手帕在飞舞。是在迎接得胜而归的战士。在内战中，他们的兵役已经结束，但还要延长。我当时是连长，很年轻的连长。我志得意满、得意洋洋，形容我当时状态最恰当的词就是骄傲！我把战士们抛在身后，第一个走进了市政厅。我们坐在大厅的正中央，我在最前面最重要的位置。官员们来了，围成半圆，坐在最中央的，是市长先生。他是一个头发花白的老人，也是第一次担任公职。从他威严环视下面人群的姿态，我可以断定，他已经认为自己是一个伟人了。

他看到了我，走过来，邀请我过去和官员们坐在一起。这是我当兵一来第一次受到这么大领导的注意。我当时忘乎所以，不可一世地等待他们对我的欢迎和赞誉。在毁灭和失败来临之前，最先出现的就是骄傲！

老市长致辞欢迎我们，发表了长长的演讲。我能够看出，他的演讲是经过了精心准备的。他打开演讲稿，带上眼镜，摆出了一个优秀演讲家的惯用姿态：将身体的重心放在左脚上，右脚则向前稍稍移动，双肩后缩，然后张开嘴，以四十五度角度伸出手。

“各位亲爱的市民，”他开口说，“我们很高兴欢迎这些英勇参战的……不畏牺牲的……战士回到他们的故乡。我们尤其高兴的是，今天和我们在一起的，还有一位年轻的英雄（就是指我）……这位年轻的英雄，我们可以想象，他曾率领部队和敌人进行殊死搏斗。我们看到他那把闪亮的佩剑……在阳光下发出耀眼的光芒，他冲着他的部队大喊——‘冲啊！’”

他刚说完这一段，我就知道，这个市长大人真的不懂战争。稍有常识的人都知道，在危机时刻，步兵军官是不会跑到队伍前面的。更别提拿着闪闪发光的指挥刀，回头朝部下大喊什么冲啊！我不敢确定别人有没有，起码我从来没有这样做过！

你们略微想一下便知道，我要是军官的话，我会冲到队伍前面被作为靶子吗？就像象棋一样，军官所在的位置永远是士兵身后的位置，因为军官是整个作战计划的参谋者，这就是为什么当部队受到突袭以后，敌人从四面八方涌来，副官总会大喊：“军官退后！军官退后！”尤其是官阶越高的人，一定是第一时间撤退到最远最安全的距离，这并不代表了军官都是贪生怕死之人，这是作战计划。因为如果军官第一时间被打死了，整个部队没有人领导，并会形成一片散沙，无论是否有优势的战役也会是必输无疑。

可是，天哪，我居然会拿着“那把在阳光下发出耀眼光芒的佩剑”！那天坐在市政大厅的士兵当中，有人曾冒着生命危险来保护我这个半大不小的军官，还有人曾背着我渡过极深的河流。还有另一些人不在场，因为他们已经为国捐躯了。讲演者也曾提到了他们，但是他们并没有获得关注。是的，真正为国捐躯的人并没有受到关注，而我这个小伙子却被说成了当时的英雄。

我为什么会被当做英雄呢？原因很简单，就是那位演讲者也掉进了同样愚蠢的陷阱之中——这个小男孩是军官，而其他人不过是士兵。所以我在这里领略到了一个令我持守终身的教诲：一个人的伟大并非以他的地位、职责所判断，一个真正伟大的人，正是一个依靠着某种事物取得了一番成就，并且以他一个普通人的身份完成了他这项人生的目标和事业的人，这是真正的伟大之处。

一个人为社会做出了贡献，例如修缮学校、建造舒适住宅、教堂、真诚地为困苦的人提供帮助、训诫别人或奉上诚挚的祝福，那么，无论他走到哪里，人们都会称颂、感谢他，那么他无论身在何处都是伟大的。相反，如果他没有得到人们的感谢和颂扬，那么无论他走在哪里，也注定是卑微的。

我希望在座的各位能明白，我们应在有意义的行动中活着，而不应虚度光阴；我们应在感觉中活着，而不应麻木不仁；我们应在思想中活着，而不应成为行尸走肉；我们应该在有限的时间中，明确自己的人生目标和态度。如果我刚才所说的你都没有记住，那只记住这一句就好了：要做一个品行端正、善于思考、品质高贵的人，这样的人生才会充实有意义！

家书延伸

如果你觉得自己不是成功人士，那么你肯定多多少少有过这样的疑问：为什么能力相差无几、学历和经历相同、年龄相仿的两个人，成就相差那么大？是社会对自己不公吗？是自己的运气不好吗？

诚然，一个人的发展与外界有着密切的关系，但是关键在于你自身。很多时候，你是不是应该思考一下自己是否经常自甘堕落、自甘失败、自甘平庸，而很少给自己注入积极的心理暗示？

有这样一句话："人与人之间本来只有很小的差异，但这很小的差异却往往造成巨大的不同。"一个人的人生是成功、幸福还是平庸、不幸，其实差异没有想象的那么大，只是取决于不同的心理暗示罢了。

相信你一定常听到这样的对话："我不能喝咖啡，它会让我晚上失眠""我不能吃鸡蛋，它会让我拉肚子的""我不能坐飞机，会吐。"其实，你的生理反应并非如此，造成这样的结果是心理暗示潜移默化的结果。一旦将自己置于这样的状态下，你的身体机能就会在不经意间默认这些"程序"，接下来，那些所谓的反应就不请自来了。

因此，如果你不想让倒霉的事情主导自己的生活，那就要尝试着从心理暗示方面做出一些改变。给自己的心"注入"积极的心理暗示，相信你所做的一切都会朝着好运的方向发展，你会发现大脑变得活络起来，内心产生了连自己也意想不到的力量，你自然也会享受到惬意美好的生活。

假设你想成功，就应该不断地重复念叨："我很成功，我一定会成功。"假设你想成为百万富翁就要告诉自己："我一定会赚很多钱，我一定能成为自己的人。"假设你想有很好的人脉，你就得对自己默默地说："我对别人投以微笑，别人也会投以回报……"

詹姆士·艾伦在《人的思想》一书中说："要是一个人把他的思想朝向光明，他就会很吃惊地发现，他的生活受到很大的影响……一个人所能得到的正是他们自己思想的直接结果。有了奋发向上的思想之后，一个人才能奋起、征服，并能有所成就。"

伟大的发明家爱迪生也深信这种心理暗示的力量，他在日记中这样写道："我相信自己会成功的，我知道自己一定行，我会发明电灯的。"经过了数以千万次的挫折后，坚韧的爱迪生给这个世界上带来了第一盏电灯。

时刻用积极的暗示鼓励自己，像艾什莉、具志坚幸司、爱迪生那样常对自己说“我是最好的”“我是最棒的”“我一定能够成功……”这些暗示均会引发强大的内心力量，进而产生一种不达目的誓不罢休的执著。

家书点睛

记住，没有人知道未来会如何，面对各种各样的困境或竞争，我们可以输给环境，也可以输给对手，但绝不可以输给自己。心理暗示并不等同于成功，但只要持之以恒，它就会创造出你意想不到的效果，为你创造惊人的价值。

Part2

查斯特菲尔德的家书：

有“礼”走遍天下

人物介绍：查斯特菲尔德勋爵，英国著名政治家、外交家及文学家。

18世纪中期，担任英国爱尔兰总督、国务大臣的查斯特菲尔德伯爵是一个名声显赫的人物。他是一个成功的外交家、政治家、文学家，就读于著名的剑桥大学，曾游学整个欧洲大陆。但他的威名并非来自政治成绩，而是他给儿子菲利普·斯坦霍普留下的书信。

这些书信从态度、习惯、生活、学习、工作、交际、人生哲理等方面展示了这位伯爵对社会、人生的洞察力和独特的观点，而这些建议和经验到今天依然适用。

近三个世纪以来，查斯特菲尔德伯爵写给儿子的书信风靡世界，成为贵族式教育的典范，被誉为“培养杰出青少年、造就最优秀男子汉的经典教科书”。英国的牛津大学更是将其收入到了“牛津世界经典”系列中，翻译成多国语言，畅销全球，成为世人对孩子进行家教的典范。

此书被译为中文后，更是经久不衰，深受广大读者和家长的喜爱，并被多所高校推荐为学生必读课外阅读书。这些忠告对所有人，尤其是青少年提高素质、陶冶情操、学习做人处事、人生价值观都起到重要的引导作用。

有礼的人，品德怎会差

懂得尊重他人才会赢得尊重

家书原文

亲爱的孩子：

你一定还记得，在你12岁那年，我打你的那一巴掌吧！那是我第一次也是唯一一次在对你的教育上动粗，因为当时你嬉皮笑脸地叫了我一声“老爹”。也许你一直都认为，我做得有点儿过分，但我却从来没有后悔过，我一直都觉得那一巴掌会给你带来很多反省，最重要的是教会了你如何尊重他人。

每一个人都有自尊心，无论是高高在上的国王，还是沿街乞讨的流浪汉。每个人在满足了物质生活的同时，都想得到更多的尊敬。尤其是现在，物质生活已经不是问题，人们所追求更多的是精神的满足。而受到尊重，这个需要会越来越多地得到人们的重视。人们希望不论在什么场合，都能有一个符合自我身份的待遇。

人都有自尊心，在社交活动中都希望得到他人的尊重。此外，我们对于那些尊重自己的人，也总有一种天然的亲和力及认同感。然而，许多人在与人交往时，往往是过分强调了自己的自尊心，而忽略了别人的自尊心。

孩子！你一定要切记，任何情况下，在你与每一个人的交往过程中，尊重他人是一项十分重要的原则。彼此交往要是没有相互尊重，是不可能实现的，更是不可能长久的。朋友之间，只有互敬互重，互相认可，让对方感觉快乐、满足，友谊方可长久。

一些以自我为中心的人往往认为“唯我独尊”是一个成功的人、有身份的人所必须具有的，它是充满自信的表现。然而，事实上，许多真正优秀的人之所以会受到别人尊敬，并不是因为他们“唯我独尊”，而恰恰是因为他们能够尊重每一个与他们交往的人。

每一个人都希望得到肯定和赞美，没有人愿意被别人伤害自尊。但总有一些人，一看到别人的缺点和错误就加以指责。他们不知道，这样往往已经伤害了别人的自尊心。

尊重每一个人最关键的就在于理解差异、尊重差异。要能够真切地理解不同人的不同心理、情绪、智能。正如世界上不可能存在两片完全相同的树叶一样，世界上也没有两个完全相同的人。每一个人都有其自身的优点，都有值得你去发掘、学习的地方，每一个人都有值得你去尊重的品格。关于尊重的话题，往往是道理每个人都懂，但并不是每个人都做得到。

孩子，我希望你永远不要忘记，学会尊重每一个人，这是你们这样的年轻人生活中最重要的一堂必修课，要知道，良好的人际关系从尊重每一个人开始，只有尊重别人的人才会获得别人的尊重。

爱你的父亲

家书延伸

在人际交往中，我们要留心对方的弱点或者是对方的缺陷，尽量避免把话题扯到对方的弱点或缺陷上来。也就是不要当着和尚骂秃子，当着矮子说矮话。正常人都会忌讳别人当着自己的面谈论自己的短处。

有缺陷或弱点的人往往都很自卑，非常不希望别人直接说自己的痛处。在与人交往时，一定要平等对待，要避开对方的痛处，表现出自己对对方的尊重和敬意。当你尊重对方时，对方也会还给你十二分的敬意。这种交往会彰显你的良好品质，让你赢得更多人的尊重，也会增加你说服的魅力。

每个人都有自尊心，在人际交往中如果能够极好地维护自己与对方的自尊，就会得到更多人的尊重。在交际中，你一定不要揭对方的短处，不要伤对方的自尊。

世上芸芸众生，各有所长，各有所短。如果你拿自己的长处与别人的短处相比，那么就会显得你傲慢无礼；相反，如果你拿别人的长处来与自己的短处相比，则会使自己失去自信。

在交际中，尽量地避开对方的短处，是非常重要的一方面。每个人都有自身无法改变的短处。如果我们总是嘲笑或打击对方的短处，那么就不会有人再愿意与你交往，这样一来，你的朋友就会越来越少，你在交际中就会失败。

当人有短处时，内心都会比较自卑，都很怕被人戳穿，不愿被人提及。在交往中，我们可以避开对方的短处，再从正面关心对方的角度来帮对方出主意，想办法来弥补对方的不足之处。

这样做的结果是，你会赢得对方的赞美和认可，甚至会得到对方的信任和感激。

在交际时，你不要去挑对方的毛病。相反，应该努力看到对方的优点，真诚地赞美和表扬。

在谈话当中，一定不要议论别人的短处或是隐私。一定要回避那些议论别人短处的场合或人群，更不要说人闲话。

在你的朋友的恋爱、婚姻正在遭遇一些挫折时，当你的同事受到某种打击、情绪低落时，当你的朋友正经历事业的失败时……你千万不要炫耀自己的得意之事，这样会戳到对方的痛处，让对方更加难过，更加失意。对方还会因此对你产生反感的情绪，甚至觉得你是小人。

在办公室里，与同事相处时，一定要多赞美同事的优点，避免去谈论同事的短处，这样你与同事之间的关系会更好更融洽。工作中也会获得更多帮助而不是招致麻烦，事业自然也就会顺风顺水。

家书点睛

要想在交际中获得真诚的尊重，就要学会理解、包容、赞美、尊重他人。只有尊重了对方，才能获得对方或更多人的尊重。尊重别人最关键的是不要去揭别人的短处，维护他人的自尊，避开对方的弱点。揭人之短，伤人自尊；赠人玫瑰，手留余香。

当嘲笑浮现脸上时，修养就会消失

家书原文

亲爱的孩子：

我相信你在莱比锡期间，每天应该都过得很充实。也许有人会说，你一点儿休闲的时间都没有。但是，我知道，你肯定不是这样认为的。你是一个聪明人，知道这样利用时间是正确的。我相信，只要你总是这样爱惜时间，让它产生最大的价值，用不了多久，你就会收获颇多，这是毫无疑问的。

你觉得和你交往的人中，大多数都是不够开朗、学识浅薄的人，对此感到很失望。我希望这只是你的心里所想，而没有在行动上做出任何轻视、嘲笑他们的举动。我明确地告诉你，一个人最糟糕的修养体现就是轻视与嘲笑他人。你要知道，三人行必有我师，所以，你要努力去发现他们身上的优点，并学习之。

其实，这些人对你来说也不是真的没有帮助，至少可以提高你的外语水平。况且他们都来自不同的国家或地区，多同他们交流，可以得到很多有用的信息。比如，他们国家的法律状况、有哪些名门望族、政府机构由哪些部分组成，这都需要你去了解，对你以后进入政府部门工作很有帮助。

没有任何人能够精通每一门知识，也没有对任何事情都一无所知的人。作为一个聪明人，应该学会从每一位交往的对象那里获得有价值的信息。

爱你的父亲

家书延伸

在现实生活中，我们对许多人、许多事所表现出来的态度，都源于我们的气度，人们常说的“宰相肚里能撑船”，大事化小，小事化了，理解和忍耐都是有气度的表现。

罗曼·罗兰曾经说：“气质之美与其说是来自内心的修养，不如说它是来自一种对美好事物的欣赏能力。这种欣赏力会使一个人的言谈举止不同流俗。”汪国真也曾说：“美是一朵鲜艳的花，风度是一棵常青的树；时间是美的敌人，却是风度的朋友。”

气度的概念十分广泛，它不单单指一种品德，或是一种心胸，它是人品的考验，更是成功的要素。

一个人的气度决定着一个人的未来。所以，做人就要做一个有气度的人，不能为一些鸡毛蒜皮的小事而出现情绪上的躁动。

就拿“吃亏是福”这句话来说，其中深意让人回味无穷，话中所指的“吃亏”，其实就是指气度。一朝一夕是修炼不出非凡的气度的，要经过长期的磨炼才能拥有非凡的气度，拥有非凡气度的人绝对不会因为一些小事而伤神，他们的心胸总是可以像天地一样宽广。

此外，气度与风度是不尽相同的，风度是举止、谈吐等方面的外在表现，而气度则是纯内在的素质修养。我们似乎总喜欢把气度与伟人们联系上。有气度的人在和别人发生争执时，不会表现出气急败坏的形态；有气度的人，在面对困难时一定能冷静面对，绝对不会自暴自弃；有了气度你会自然而然地增添几分豪气和魅力。一个人会因为自己宽宏的气度而提升品位，进而为自己的一展身手打下坚实的基础。

家书点睛

从容自信也是气度的外在体现，经历坎坷，也能从容面对。可以说，气度依靠底蕴而存在，高度依靠气度而升华。

姿态优雅，品德跟着高贵

家书原文

亲爱的孩子：

一个人，从他的姿态是否优雅就能够看出这个人的品德是否优秀。优雅的姿态不仅能够让人看起来仪态大方，还是一张最优美的个人名片。那么，如何才能保持优雅的姿态呢？我试着整理了一些主要的内容，供你参考。

1. 保持挺直的立姿、雄伟的步履、端正的坐姿

挺直的立姿、雄伟的步履、端正的坐姿能打动人心，这是我们所熟知的。这些看起来是平平常常的动作，无论男女，都会对别人产生深深的吸引力，尤其是在工作场所，更是如此。

在现实中，能够站得挺直、走得雄伟、坐得端正的人并不多。很多人出现在别人面前的时候，都是一副漫不经心、坐站无相、形神猥琐的模样。有的人坐下来时，也是毫无姿态地伸长了身体，将全身的重量一股脑儿地压在椅子上，极为懒散不堪。

而标准的坐姿是坐下来时轻松，并非使尽全力，但并非身体僵硬不动，应该是非常自然而然的动作。我想你大概能做到这样吧！如若不能，要尽快尽好地练习，以达到最接近标准的坐姿。

前几天，我收到了哈比夫人的来信，信中说，有一次她看见你在某处跳舞，并夸奖你的舞姿十分优美，这使我十分高兴。我想，一个舞姿优美的人，他的言、行、坐、立也必定是优雅得体的。

其实，除了在公众场合之外，在日常生活之中，优雅的站姿也十分重要。凡是成大事者，对于小事也一定谨小慎微。就像喝咖啡，如果不用正确的方式拿咖啡杯，那么杯子必然会摇晃不定，甚至使咖啡溅出杯外。在小事中马马虎虎的人，临大事必不能有所作为。

如果在欧洲，看到哪位女士扇子掉在地上，无论是优雅的还是粗鲁的男士都会去替她捡拾。不过区别却是优雅的男士，会因此得到女性的道谢；而粗鲁的男性，却会由于动作迟钝而成为笑柄。

2. 服装千万不要表现出拙劣的个性

正所谓人靠衣装，我想你已经到了该考虑衣着的年龄了。在我看来，服装和一个人的品位是紧密相连的，如果你不想被别人认为愚蠢粗俗，那么最好的打扮便是不要穿着过分个性、拙劣的衣服。一个穿着就让人感到矫揉造作的人，其思想也一定有所偏颇。就像现在的英国年轻人，不论多大年纪总想通过奇装异服来表现自我。

在我看来，那些身着奇装异服、妖艳炫目的人总会让人感到不舒服，好像他们有意要掩饰自己内在的浅薄，故意打扮得独特而出格。

还有另外一些人，他们的穿着总是让人分辨不出他们的身份，不知其到底是宫廷中人还是御马者。

凡是有判断力的人，都会注意让自己的着装尽量符合当地的习俗和大众的品位，而效仿那些当地的知识分子，他们绝对不会在服装上凸显自己，暴露自己的个性。因为，不论是穿得过于华丽还是过于寒酸，都会给人留下轻浮或失礼的不良印象。

我个人认为，年轻人在穿着上应该适当地坚持己见，毕竟，随着岁月的流逝，人们的锋芒会稍加收敛。然而，如果年轻时就毫不注重自己的穿着，那么四十岁过后，就会更加邋遢；五十岁过后，就注定会成为讨厌鬼了。

因此，如果你周围的人都身着盛装，那么你最好也跟随潮流；如果别人全部衣着朴素，那么你也应该朴素着装。无论怎样，只要时刻保持整洁，就不会让人感觉到你有失礼节了。

一旦决定了自己当日的着装，那么就不要再多浪费一丝心思去考虑颜色是否搭调、组合是否怪异的问题了，因为你已经穿上了这套服装，自然、开朗地进行活动才是最重要的，因为任何不必要的顾虑都会使你出现动作僵硬的状态，这将令你得不偿失。

发型与着装同样重要，你也要注意整理发型。此外，系好鞋带和保证裤子合身也是你一定要时刻注意的细节，否则，你只会给人留下邋遢草率的印象。

当然，除去这些外在的因素，个人卫生也是极其重要的环节。是否每天都注意清洁手、指甲、牙齿了呢？要知道，保持牙齿清洁是最重要的仪表态度，也关乎人们的身体健康。我们每天不停地咀嚼食物，牙齿要负担很重的任务，因此刷牙是绝对不可以忽视的事情，否则不但会出现难忍的牙痛，还会发出难闻的口臭，这对于旁人来说该是多么失礼的事啊！

很遗憾，我并没有如你一样拥有健康的牙齿，因为年轻时没有精心照顾它们，年纪大了就不得不饱受疼痛，所以你一定要趁年轻保持良好的清洁牙齿的习惯，每餐后用软牙刷刷牙 4 到 5 分钟，并用热水漱口 5 到 6 次。如果因为先天因素，你的牙齿出现排列问题，那么一定要及早就医，进行正规的矫正。

3. 若能打扮表情，自然就能打扮心胸

表情是捕捉人心的要素之一，而且往往会起到最大的效果。有时候表情恰当了，最能使他人目不转睛。有些人为了掩饰自己容貌上不完美的地方，往往想通过其他表现形式来弥补，比如努力使自己举止高雅，但微笑常挂在不适宜的地方，造成了恐怖的表情，这一下，完全把这个人的整体效果影响了。

如果你觉得自己的容貌不够出色，你大可不必去亵渎神灵抱怨什么。

你完全可以通过恰当的表情弥补这点。当然了，做出怎样的表情，要根据不同的场合和情况来定，如果你每天都只会做出威严的表情，想让自己表现得思虑深远、富有决断，那么你就大错特错了！这种表情只能像每天都发号施令因而极端严肃的军队长官。

我认识一个年轻人，那时他刚刚当选议员，因为被人偷窥到自己在房间里对着镜子练习表情和动作而被众人耻笑，然而，我却不会取笑他，相反，我觉得他比众人都要通事明理，因为他深知表情和动作是公众场合的最佳语言。

说到这，想必你一定会想到，如果表情这么重要，那就不妨练习温和的表情。没错，练习表情尤为重要，而且不需要太多的时间。只要在两个星期内勤加练习，我保证你就可以在今后的生活中以温和的表情应付自如了。

首先，要想在面庞浮现出温和的表情就一定要保持微笑。对于这一点你不妨向传教士学习学习，那种威严之中充满善意慈爱的目光，是最能吸引人的武器。当然，如果只是单纯的表情也并不能达到最理想的效果。在我看来，只有用真诚的心意加上善意的表情才能真正让他人为你着迷。

虽然你渴望拥有温和的表情，但却极有可能对训练表情的过程很反感，你会认为这是在浪费时间。其实这是不合理的想法，试想一下，你做任何事都是为了避免日后不必要的麻烦，同样是为了引人注意、讨人欢心，你可以为了在公共场合跳出优美的舞姿而不断磨练舞技，那么为什么不能耐心地训练自己的表情呢？

同样道理，你要穿好看的衣服、要剪完美的发型，这些过程不是也很繁琐吗？究其原因，不也是为了打扮自己，赢得他人的好感吗？

所以，如果你能明白这个道理，就应该重视“打扮”自己的表情，因为你的表情往往要比衣服、发型更能吸引他人注视的目光。如果表情不佳，那么即使再优美的舞姿、再帅气的发型也难以体现你的好形象。

永远把微笑挂在脸上，记住，每时每刻它都会为你带来意想不到的收获。

爱你的父亲

家书延伸

在这个以人际关系为主导的社会，人们在交际中都希望给别人留下一个好印象，让别人喜欢自己、接受自己，这就需要一个良好的自我形象。如果一个人的形象很差，会导致别人第一眼看到你就不喜欢，那么就会对关系的建立带来不利的影响。

这时我们不禁会问：个人形象对事业发展的影响到底有多大呢？哈佛商学院在《事业发展研究》一文中指出："在事业的长期发展优势中，视觉效应是你的能力的9倍。"

要创造良好的个人形象，就得注意服装及仪表。虽说并不是所有人都可以长得亭亭玉立或是英俊潇洒，但每个人都可以做到干净整洁。油性皮肤和干性皮肤要注意控制好面部洁净与保湿，做到整洁得体。衣服同样是别人判断你为人的重要依据，正所谓人靠衣装。

人们往往喜欢那些优雅得体的人。例如看上去感觉舒服、有美感的人。姣好的面容、匀称挺拔的身材、美观大方的服饰。而这些也不一定是天生注定，可以通过一些服饰来包装自己以达到美好的效果，为自己增加成功的砝码。

在任何时候都是需要形象的。不讲礼仪不注重自己在公共场合的形象就会贻笑大方。例如在吃喝的晚宴或宴席上，一定要保持良好的风貌，男士在这时尤其应该表现出绅士气派，为女士夹菜用公筷，更不要只顾自己大吃大喝，直到丑态败露为止。餐巾纸要在自己餐具前预备着，端坐，有节制地用菜，咀嚼速度不要过快，给人忙忙呼呼的感觉，别人必然反感。汤尽量少喝，发现自己有“情况”不妨起身到洗手间对镜一视，这样形象就会处理得很得体。

年轻的朋友们，如果你认为你在与人交往或社交时还有不足，应尽早去改变，建立良好的人际关系，从个人形象做起。

家书点睛

形象，并不是一个简单的穿衣和装扮外表的概念，而是清楚体现着人的综合素质，外表与内在完美结合才会给人良好的印象。比如站有站相、坐有坐相，也不是看起来的那么简单，需要人通晓社交礼仪，丰富内心世界，方能内外兼修。

礼仪不只要了解，更需要知行合一

家书原文

亲爱的孩子：

关于礼节重要性的问题，我之前已经和你谈过，因此就不再重复了。既然已经知礼，那么今天我就想和你谈谈如何守礼的问题。

1. 对长辈、上司举止优雅

对待长辈或是上司，必须要以礼相待。没有人会不顾礼仪，随意地往来。不过大家虽然明白这个道理，但如何来实行，有些还不甚明了。有些人一见到长辈或者上司，就表现得规规矩矩，有些甚至手足无措。而具有丰富阅历的人，一定会放松情绪，装作若无其事的样子，自然而然地以礼相待；而那些与此等人士往来经验欠缺的人，可以在一旁观看别人的交往过程，并加以学习。要是自己来应对，可能要经过一段较长时间的学习。

2. 切勿刻意地疏忽礼仪

很多时候，人们表现出无礼的言行，其实都是由于刻意疏忽礼仪。在我看来，这种疏忽是极不应该的事情，因为一个不经意的疏忽很可能带来的是无数的敌意。当然，在对待他人时更不能故意地区别对待——对身份低下的人不屑一顾，对身份高贵的人就卑躬屈膝，如此一来，别说礼貌，恐怕就连基本的人格也谈不上了。

很惭愧地说，我在年轻的时候就曾经犯过类似的错误。那时候我一心关注那些魅力非凡的顶尖人物，而不把其他人放在眼里，因此除了对那些我所崇拜的人毕恭毕敬之外，对待其他人时自然免不了于礼不周。现在想想这样的做法简直太愚蠢了，因为这种无礼的行为，导致了很多人与我为敌，虽然我并非有意这样做，但伤害了他们却是既成的事实。因此每当我就要获得最佳评价时，那些曾经的“小喽喽”们便会给我致命一击，从而导致我的形象全线下跌，可谓功败垂成啊！

有句话说得好：得民心者得天下，忠诚的大臣要胜于任何锐利的武器。同样，对于平民来说，赢得人心同样可以让你拥有无与伦比的力量。

3. 不要一生做璞玉

尽管对于初入社会的人来说，每个人都好像是一块璞玉，但我要劝你：璞玉虽好，但千万不要做一生的璞玉，适时地雕琢自己才能让人生获得更大的价值。为人处世也是如此，无论你与他人有着怎样亲密的关系，保持礼节都是必不可少的。对于至亲好友可以不拘小节，但不代表就可以想说什么说什么，想做什么做什么。要知道，每个人都会有让别人禁足的领域，不是所有的话都可以随便说，也不是所有的事都可以随便做的。如果你只顾自己的喜好而不管他人的反应，那么早晚有一天会祸从口出，甚至招来杀身之祸。

空谈一些大道理你可能无法有深刻的体会，那么我就举一些生活中的例吧。

现在假设我与你是一对亲密的朋友且生活在同一屋檐下，而我们俩都认为自己可以随心所欲地做任何事，不必顾虑对方，那么你是否会对我们俩之间的关系而担心呢？

在我看来，无论彼此间的关系如何，保持适当的礼节都是极为必要的。如果你在跟我说话的时候，我却毫不在意地任思绪飘向远处，甚至昏昏入睡，那么你一定会感到愤怒吧，甚至会觉得这段友情正在悄然远去。因此，你应该可以理解，如果不想破坏精心培养的友谊，那么就一定要时刻保持某种程度上的礼仪。就算是夫妻之间，如果想长久、甜蜜地生活在一起，那么也应谨守夫妻间的相处礼节，不能因为毫不控制的恶习或言语而导致双方互相嫌弃、相互轻视，这样一来，再深刻的爱情也会走到尽头。

人无完人，有缺点就要努力克服，如果不加节制反而暴露在外的话，那么只能说这个人不但没有礼貌，简直是不明事理。

万事适度就好，过犹不及。因此，要想保持长久的交往状态就要合理适当地以礼相待，不能忽视也不能做作。其中的“度”，就需要由你自己把握了。

璞玉再美，终究也只是一块没有多大价值的原石，只能置身于深山老林。只有经过人工雕琢、精心打磨之后方能发出璀璨的光芒，被陈列于收藏家的精品展柜。

孩子，你天资聪慧，有着深刻的内涵，我对此深信不疑。现在，你只需努力练习礼节，就像展开原石的琢磨工作。你可以去学习各种礼仪的使用方式，加上有些专业杰出人士的指导，相信你会像钻石一样光彩照人。

爱你的父亲

家书延伸

有品位的人无论处在什么状态，是尊是卑，是伸是屈，都能让自己保持泰然自若的神情。

一个人的成功素质包括德、识、才、学。德、识在先，而才、学在后。如果从心理学角度粗略地加以分类，才、学属智力因素，而德、识则属非智力因素，要成功参与竞争，智力、技能固然重要，而良好的竞技状态更是成功不可缺少的心理素质。

当然，每个人在遇到不顺的情况时都是会有情绪波动的，但是无论人的情绪喜也好、乐也好、怒也好、哀也好，都不是无缘无故产生的，而是一个人思维活动的结果。

比如当你得到的结果没有预期的好，就认为事情本不应该是这样子的，感到自己丢了脸面，脸色一定变了，接着便会做出一些冲动的行为。其实这样的想法和行为都是很愚蠢的，只会给别人留下缺乏沉稳、小家子气的印象。

这时候唯有思维是可以改变的，如果你换一个角度思考，觉得这没什么大不了的，每个人都可能出错，不必太在意别人的看法，你的情绪也会随之改变。

除了能够控制自己的情绪之外，我们还要注重自己的行为与仪表。一个有良好素质和高品位的人的自信和良好的状态，体现在他生活、工作的一切过程中。

没有品位的人，总会有一些让人看着不舒服的形体表现，比如不雅的站姿——双臂交叉站立，给人以不严肃的感觉；驼着背、弓着腰、眼睛不断向左右观望，一肩高一肩低，身体抖动或晃动，这样给人以漫不经心或没有教养的感觉；双手或单手叉腰，这种站法往往含有进犯之意；无精打采、东倒西歪，耸肩或懒洋洋地倚靠在支撑物上，容易给人懒散的印象；把手插在裤袋里或交叉于胸前，这样做会给人敷衍、轻蔑、傲慢等印象。

总之，一个人的品位和行为气质不是简简单单装出来的，是在日常生活中一点一滴培养和磨练出来的，而你的前途事业，你的人生价值如何，既可以通过自己的情绪表现出来，也可借用这种情绪的流露，为你添光增彩。

家书点睛

一个有品位的人，他的身上也会散发着迷人的魅力，这靠装是装不出来的。真正有品位的人，其自身散发出来的魅力不仅能够吸引异性，同样也会获得同性的喜爱。因此，一个人的品位才是这个人真正的财富。

礼仪伴随个人，慈善体现人格

家书原文

亲爱的孩子：

人类从来就不是完美的生物。我付出了很多，包括金钱和精力，就是为了让你能在这样并不好的先天条件下，能够尽可能地向好的方向发展。为此我对自己的任何付出都不后悔。我要做的是教育好你，让你具备优于他人的资质。这些道理，不需要再赘述。

你很小的时候，我就开始向你灌输一些人生的道理。比如说行善、尊重他人等。虽然那时你还缺乏足够的判断力，但是却可以让你记住一些正确的道理。等到长大的你已经具备了判断美丑是非的能力时，这些事情就会驾轻就熟而不必重新学习了。

正如雪佛·贝利所说："我做善事并非为了让别人看见，而只是为了内心的满足，就像我保持自身清洁只是因为自己的喜好而并非为了示人一样。"我想他是睿智的。

因此，自从你具备了基本的判断力，我就不再继续灌输给你任何行善的理念了，因为此时的你如果愿意的话，就已经可以自觉行动而无需提醒了。

还有，我希望能给你实质的教育。我和哈巴夫人最近发现，因为你自身的努力，你已经获得了预想的成果，充分符合我对你的期望。

在你了解一些基本原则后，我还要传授给你待人接物的方法及礼节。这些也是一个人为人处事的基本技能。如果这些不明白，就无法展现你作为一个成人的状态，以前对你的教育和引导，自然也就是白白浪费时间。当然，在这个过程中，你仍然会在不同环节上存在缺失，所以直到今天，我仍然需要在信中对你反复强调。

在待人接物的礼节上，我们已经说过很多。还要补充强调的一点是，这件事情要想成功，基本上得先压抑自我，迎合对方。我们的某个朋友，对礼仪有着如下精彩的解释：礼仪是人与人之间相互的稍许压抑自我、迎合对方、明事理、辨是非的行为。对于我的这个观点，大概没人会唱反调的。在能明事理、辨是非的人们中（包括你），每个人都是礼仪端正的人。

如何正确地表达礼仪，则因时因地各有不同。不管怎样，保持礼节的思想却不会轻易随时空的转变而变化。在我看来，能否始终保持合乎规范的礼仪行为，关键在于意志力的强弱。

礼仪与道德一样，对于维持社会秩序和社会安全有着不可替代的重要作用。为了奖善惩恶，鼓励有道德的行为，每个社会都有明确的法律条文，同样，礼仪也有一套为世人默认的奖惩准则。

虽然对礼仪的奖惩制度没有法律条文那样严格，但是二者却有着实质上的共通之处，就像是一个强奸犯必然要受到法律制裁一样，不遵守礼仪的人也定会受到大众舆论的谴责。

正如笑容可以使人倾心是文明社会自然形成的默契，没有人强行规定却被大众所认可。君臣关系也是如此，庇护与服从是无法更改的行为准则，无论何时，违反这种准则的人都将会受到必然的惩罚。

爱你的父亲

家书延伸

高品位的生活似乎只是有钱人的专利。那些锦衣玉食、一掷千金、拥有豪车名宅、满世界游玩的人，可以尽情地享受生活。而我们这些为了生活苦苦打拼的人，每日必须面对繁忙的工作、琐碎的家务。高品位的生活似乎离我们很遥远。但实际上，生活的质量取决于你自己，即使现在身处窘境，只要调整自己的心态，一样可以拥有快乐。

培根说："单是为了名副其实，人也需要有极大的美德才华，就像宝石一样，宝石如果不需要用金箔来陪衬的话，也就必须本身具有极大的价值。"他又说："有些老年人显得很可爱，因为他们的作风优雅而美。'夕阳也有美丽之处。'而有的年轻人尽管具有美貌，却由于缺乏优美的修养而不配得到赞美。"

让我们再听听"七嘴八舌说品位"里其中一些人士的见解，他们基本上都是认同品位首先是一个人的文化内涵和品格修养，而与名牌或金钱这些耀眼的"光环"没有必然联系。

一个人有无品位，不在于地位、金钱、学历、相貌，而在于人品、道德、德行、教养、文化底蕴、内在素质这些精神层面的东西。内心得到完善和充实，"贫女"也会变得风雅；若内心既不完善也不充实，"士君子"也会无品位。

要做一个有品位的人，德行是第一位的。通过言谈举止、待人处事、外在形象表现出来的德行是极为重要的。德国大文豪歌德说："行为是一面镜子，在它面前，每一个人都显露出各自的真实面貌。"莎士比亚说："服饰往往可以表现人格。"雨果说："人的面孔常常反映他的内心世界，以为思想无形无色，那是错误的。"

外在形象与内在素质就形成了人的品位，两者相互统一。一个举止猥琐、言谈粗俗、衣着邋遢的人绝不会有高雅的品位。而一个看上去气宇轩昂的人，那么，他的内心也一定是不俗的。

家书点睛

"贫家净扫地，贫女净梳头。"意思是：一个贫穷的家庭要经常把地打扫得干干净净，一个穷人家的女儿要经常把头梳得整整齐齐，摆设和穿着虽不算得豪华艳丽，但是却能保持一种脱俗高雅的风范。这种不因贫穷就"自废"的风雅气度，是真正高贵的品位。

珍惜时间的人，才是最富有的人

拖延是小偷，你是否会防盗呢？

家书原文

亲爱的孩子：

孩子，在最近的一场比赛中，我听说你比冠军稍微迟了一步，深感遗憾。这个项目如果获胜的话，将会有大把的额外利益获得吧！不过，比丢失这笔利益更让我深觉遗憾的，是我们在这场争夺战中被打败的这件事。

在比赛中，我们一直跑在跑道内侧最有利的线上，眼见马上就可冲到终点，却因为你的决定晚了一步，导致我们在最后的直线跑道上，与胜利无缘而拱手让给别人了。

我有很多从商的朋友，他们有时候犯下错误的原因，就是没有迅速作决定的能力。在关键的时候，只要没有抓住机会而做出缓慢的决定，就会因这种失误而带来重大损失。这就是被称为“延宕”所造成的令人遗憾的事情了。

18 世纪有一位英国的诗人爱德华·杨古曾说过：“延宕是时间的强盗。”此话正道出谁是偷走你所期望的利益的小偷了！

在事业上为了获得成功，并没有什么万能的方式，如果要说有的话，具有果断力就是其中之一。同时，对事实的认识也是需要具备的能力之一。

可是，即使具备了这两种能力，也并非就能抓住机会，处理好任何问题。有时候还需要一定的在判断面前当机立断的意志。这也是不可或缺的。事实上，有很多这种机会，常在太过犹豫不决的人眼前丧失掉了。

有时候，将事情发展的情况进行了整理后，仍然不会得出有效的结论，于是忧虑和烦躁占据了心理，这样的人一样会丧失很多机会。

我这里有一种比较单纯的方式，可以推荐给你，你也许听过，也许左耳进右耳出，并没有在意。

这个方法很简单。针对一件事情，花一点时间，将所有的事实收集后，准备一张白纸和一支笔，在纸的正中央画一条纵线，一半将它当做正面栏，另一半当做负面栏。将各种因素分列在两栏里，然后将各项因素列出分值，对正负两栏的内容分别加分。

如果其中一栏的得分数比另一栏的分数领先很多的话，那么你就应该很明白从哪个方面来下决定更为有利。

如果两栏的评分数相差不大的话，凭过去的经验，就只有让你的运气来决定了。不过，在所有的预备工作结束之际，一定要针对问题来探讨，直到找出最后的结论来。在提出结论之前，或者在提出之后，不要给自己留出焦虑的时间，一旦出现这种不好的情绪，很容易影响判断，导致失误的出现。当做出决定的时候，就是忧虑的终止。

一旦下定决心，就不要再改变主意，按照自己选定的目标努力即可。这是一些身经百战的领袖们的信条。他们常说："选择了就不后悔。"

很多时候，人们做了决定后也唯恐失败，于是往往出现反复，这就是优柔寡断出现的主要原因。面对这种情况，你可以鼓励自己，机会出现了，与其看着它飞去给别人，不如义无反顾地努力一下，即便是失败了也不后悔。所以我一直强调，持有消极态度的人，不适宜作为领导者。

你只要参与竞争，就意味着在这样的过程中，要不断地决定、创新、抓住机会获取胜利或者做好失败的准备。

所谓的胜利者，不是百战百胜，只不过是胜利的情况比较多，同时也面临失败的可能。如果害怕失败而不敢迎接挑战，一味地畏缩退让，那么连胜利的机会都不可能有，只有失败的可能。如果你能在不畏惧的情况下踏出婴儿般的一小步，不久之后，为了到达胜利的目标，就能无所畏惧地跨出巨人般的一大步。

有的情况下，欠缺果断力的原因是懒惰。当你有机会去做一个有效的决定时，却没有耐心去花较长的时间做准备工作。

亲爱的孩子，我虽没有看到你工作情绪低落或发脾气等情形，可是有时却看到你的办公桌上放着堆积如山的文件，这到底是怎么一回事？如果这是懒惰的结果，那么会非常令人遗憾。

如果你能偶尔早一个钟头到达岗位，在其他人还没来之前，或者在很多繁杂事务开始之前，你就能够处理好堆积的工作。希望你试试看。

这么说来，我似乎对当机立断有所偏好，确实如此。不过，如果能及时知道所做的决定是错误的，从良知出发，我赞成及早改变主意。比如商业活动，如果不慎进入禁止范围的话，再往前走下去不仅会招致更为混乱的局面，经济方面的损失也不小，所以这个时候就要马上回头。

所以，我给你的忠告是：在做决定时，最好多花点时间，这样才会获得好的结果，即使碰到特殊的情况，也应该有理由可做交代，比如事实或者数字等方面的实验结果等。如果事情不急，还可以将手上的资料经过整理，等时机成熟之后再下决定。像这种情况虽然延缓了做决定，但能有一个正确的结果。这种延期决定的情况，是一种自觉性的判断，而不是延宕，这两者之间有很大的差异。

爱你的父亲

家书延伸

每一个人都应养成一种现在就行动的好习惯，这是克服拖延的良方。“有空再做，明天做、以后做”“再等一会儿”“再研究（商量）一下”都是在为拖延找借口。该解决的问题必须马上去解决，一分钟也不要拖延。

有时候即使只是推迟一分钟，也许好事就会变成坏事。实际上，职场中，每个人都有拖延的坏习惯，只是拖延程度不同而已。但是，优秀员工会将这种冲动扼杀在摇篮里，他们时刻提醒自己“绝不拖延，立即行动”。

可见，一个工作效率高的人，其秘诀就是该解决的问题立即解决，绝不拖延一分钟。问题的积累是因为你拖延的坏习惯，面对着日趋增多的工作，你不知道从哪里下手，最终的结果会更为严重。

因此，我们必须记住，在工作中，每一分钟都非常重要。拖延时间，只会使我们在“现在”这个时期更加懦弱，并期待于幻想。也就是说，我们总是想着事情能往好的方向发展，但始终都不能取得成功。而且，有拖延心理的人心情总是不愉快，总觉得疲乏，因为应做而未做的事总是给他压迫感，拖延一分钟，并不能节省时间和精力，相反，它会使你心力交瘁，甚至失去工作机会。

优秀的员工，一定懂得合理分配自己的时间，并在规定期限内完成工作，绝不能有拖拖拉拉的情况。他们深知，在所有老板的心目中，最佳的开始时间是现在，最理想的任务完成日期是今天。

家书点睛

实际上，拖延并不能解决问题，问题不会因为拖延而变得简单，反而只会让问题变得更加严重。而且，拖延造成的损失只能自己买单。所以，我们一定要抛弃拖延的坏习惯，养成“当日事，当日毕”的好习惯。

时间永远比金钱珍贵

家书原文

亲爱的孩子：

关于善于利用时间要比善于利用财富更重要这一观点，想必不需要过多的解释，但是令人惋惜的是，懂道理的人多，但真正做到的人太少。在这个社会上奢侈浪费的人很多，善于利用财富的人却为数不多，然而相比于有效利用财富，懂得有效利用时间的人更是少之又少。对于你，我十分希望无论是财富还是时间，你都能学会合理有效地利用。之所以对你提出这样的要求，是因为以你的年纪，已经完全有可能学会这些了。

年轻人总是以为自己的人生才刚刚开始，以后的人生道路还很长，时间很充足，因此就肆意地荒废，一点儿都不觉得可惜，最起码不认为浪费时间是可耻的。这种心态就和那些拥有一笔莫大的财产，花起钱来大手大脚、不知道珍惜的人一样。可是，等到有一天，他忽然发现这笔数额很大的财产已被自己花费得所剩无几，这个时候他才想到要珍惜，但为时晚矣，再也不能挽回了。

历史上有很多人，对此是深有体会的。威廉三世和乔治一世时代的财务大臣劳伦斯，在任期间做出过很多重大的事情，他就曾经说过："为了一块钱笑的人，也会为了一块钱哭。"这是我非常欣赏的一句话，而且我还想将之改动下送给你："为了一分钟而笑的人，也会为了一分钟哭的。"在你沉迷玩乐的时候想想这句话吧，因为你虚度的每一分钟，都会成为你后悔的理由。

不浪费小时间固然重要，但我还要提醒你一件事：不要把“空闲的时间”当做“空白的时间”。举个简单的例子，如果你和朋友相约12点见面，可是因为要顺路拜访其他两三位友人，因此你决定11点钟出门，然而突发状况是，你要额外拜访的这两三位友人都不在家。那么此时你要怎么应对？如果是我，我不会选择把这段时间浪费在咖啡馆或购物商场，而是原路返回，去做一些在短时间内可以完成的既定计划。比如，给远方的朋友写封信，一会儿出门的时候邮寄出去。如果还有剩余时间，就翻翻昨天没有看完的书，可以是一些简短、有趣或片段式的文本，这样我们就不必再额外抽出时间去做这些事情了。不但节约了其他整块的时间去做更重要的事，同时也丰富了你零碎时间的生活质量，何乐而不为呢？

在我看来，一个不珍惜时间的人，一个不会利用时间的人，一生都不会有大的作为，更可能的是一事无成，他们最常做的事情就是躺在床上或是坐在椅子上，伸着懒腰，心里想着：“我做点儿什么好呢？”要么在这样的空想中任时间流逝，要么就干脆想着：“时间太少了，做什么恐怕都不够，还是算了……”无论是学习还是工作，这样的人恐怕都不会有什么成就。小段的时间是如此，当真有大块的时间空下来时，他能仍然按照惯性，照例无所事事，让时间在不知不觉中白白溜走。

孩子，你马上就要踏入社会，正是活力十足、态度勤勉、斗志充沛的时候。在这个阶段，懒惰、安逸是让人无法容忍的，而应该积极向上、勤勤恳恳、不知疲倦。我态度坚决地提醒你，就是希望你能好好地思考一下，因为下面的几年对你的一生将有着重大的意义和作用。我最欣慰的事，就是能看到你日日三省，珍惜一分一秒的时间，对未来作出打算！

我有一个朋友特别擅长利用时间，哪怕是片刻时间也绝不虚度，在上厕所时，他也通常会阅读古罗马诗人的作品。让人惊讶的是，因为这一坚持他已经成功地阅读完那部诗集的全部诗作。不得不令人佩服的还有他独特的阅读方法，那就是每次上厕所他都会撕下诗集上的一两页，上完厕所之后这两页内容也就读完了，然后随手扔掉。

这是个挺有趣的办法吧？我看你倒可以去效仿一下，这的确是个善于利用时间的绝好方式，在自己没有好的办法的时候，你倒不如去模仿下别人，这总比自己发呆要强得多啊。而且，事实已经证明了，这样的积少成多，已经有了意想不到的效果。不管怎么样，多读书总不是坏事，而基于这样的目的，任何方法都是值得学习的。当然了，有些长篇大论的书，前后贯通衔接，显然就不适合这样的方式，要一口气读完，才能够理解。举这样的例子，也是让你明白，利用时间完全可以不拘一格，因地制宜。

如果养成这样的习惯，连像这样片断的时间都能有效地利用，那么，你就能够很好地把握时间了。但是你要是看不到这样片断的时间的作用的话，或者明知可以利用却还是轻易地浪费掉了，那么，想做到充分利用时间，是根本不可能了。

当然，合理利用时间并不仅限于抓紧一切机会读书。我只是想告诉你，选择一种自己喜欢的方式去充实生活要比无所事事更有意义。在之前的信件中我已经告诉过你，游乐也是我们生活中必不可少的内容，只有充分领略过游乐的人才能够获得成长，从而成为一个成熟的人。在游乐中人们可以学会卸除防备、释放自我，因此，玩就要玩得痛快，不能敷衍了事。

此外，我认为按顺序做事也是可以帮助你合理利用并节约时间的有效方法。据我所知，要顺顺利利地完成一项工作，其实并不需要有什么特殊的惊人的才能，只要你能把握好整件工作的脉络，按部就班井井有条地进行，就完全可以胜过那些自以为聪明、办事却杂乱无章的人。因此，在你还未真正踏入工作岗位之前，一定要提前培养按体系前进的办事方式。把包括写作、读书、游乐等在内的所有事情都按照先后顺序提前安排妥当，然后步步跟进。相信你的工作效率会有惊人的提高，而你所节省出来的时间就可以进行更多的工作。

孩子，向从不轻易浪费一分一秒的马伦巴拉公爵学习吧，同样的时间，他可能完成他人数倍的工作量。相反，万不能成为纽卡斯鲁那样的人，慌乱无秩序的工作永远无法取得应有的成绩。

孩子，在我看来，你最近变得懒惰起来了，这是不应该的，我要求你能在两周之内改掉这个坏习惯。同时，我还希望你能摸索一些工作中的方法和顺序，这对你以后的工作将会有很大的帮助，这个你以后会体会到的。我亲爱的儿子，珍惜学习时间，学习更多的知识吧。

爱你的父亲

家书延伸

人的时间和精力总是有限的，成为卓越管理者的一个标准就是：在有限的时间内只做一件事，并且是最重要的事！你要明确自己的工作顺序，哪些是优先要做的，哪些是次要做的。你要知道，时间是你最珍贵的资源，必须极为仔细地使用它，用专注和用功去处理那件最重要的事情！

“二八法则”告诉我们，把时间和精力放在最重要的事情上，就能用更少的时间做更多的事。事实上，20% 的工作是整个工作迈向成功的关键，所以，就算你花更多的时间在非关键工作上，最后你只能取得 20% 的成效。但如果你把时间花在解决这些关键的少数问题上，你只需花 20% 的时间，就可取得 80% 的成效。

当你接到一项工作时，你对老板说：“我会用最快的时间去完成。”但最快是多快？这个时间概念不是很明确，工作流程也就不那么顺畅，而要提高工作效率和节省工作时间就更无从谈起了。

在现实生活中，不少人经常说：“哎呀，我太忙了，快忙死了！”他们拼命地工作，总感觉有着做不完的事情。可是下班以后如果坐下来认真整理思绪的时候，他们又发现这一天下来，大部分时间都是在处理一些极为琐碎的事情，真正重要的工作完成得少之又少！

有时候，做十件无意义的事情，不如做一件正确的事情更有价值。只有将自己的全部精力专注于某一件重要的事情，才能获得意想不到的成功。“如果要搬走路障才有所行动的话，那你终将一事无成。”优秀的职场人士应该懂得这个道理，但是具体应该如何操作呢？

首先，将工作按照轻重缓急进行分类和排序。就像那位钢铁公司的老板得到的忠告，先做最重要的事，做完之后再考虑第二件。别在无足轻重的小事上面浪费精力，空耗时间。

其次，将必须做的工作采用合并与删除的方法。简化工作程序，明明可以两步就完成的工作，为什么非得设计五步甚至更多的步骤呢？

家书点睛

一个人，只有明白了自己现在最应该做的事情是什么，就像一个司机清醒地掌握住了方向盘，才不至于让车子失控或驶错方向。

懒惰来临时，你是否给它放纵的借口？

家书原文

亲爱的孩子：

你知道我是一个非常严格的父亲，对于你的缺点我要看到哪就说到哪。我认为，只有严厉地帮你改正缺点，这才是正确的教育孩子的方法。不过，值得庆幸的是，到目前为止，我还没有在你的身上发现一些非常严重的问题。但是有一点我必须马上向你指出的是，你生活态度上有懒惰的表现，比如在生活细节上表现得过于散漫、注意力也不够集中等等。

先说说我自己对“懒惰”的理解吧。所谓懒惰的人，就是指那些做什么事都毫不努力、不用心，在处理事情的过程中，一遇到点困难和挫折就立刻感到沮丧、忧郁的人。事实上，生活中，正是这些麻烦和挫折才能够真正带给我们某些领悟、体会和有价值的东西。懒惰的人经常在目的还未达成之前就已经选择放弃了，仅仅满足于非常肤浅的表面化的一点皮毛知识的获得，更要命的是，他们还对那些努力工作的人不屑一顾，甚至恶语相向。

懒惰的人首先是缺乏自信的人，他们一碰到麻烦事就先入为主地说“我做不了”或者“我不会做”。就他们看来，任何有困难的麻烦事情都是办不到的。办不到的原因并不是在于事情真的很难做，而是在于他们自身的态度。其实，我们都明白，只要认真地、用心地去做每一件事情的话，很多看起来很难完成的事情我们都是可以攻下来的。

懒惰的人不容易集中注意力，他们很难去专注地做一件事情。在遇到事情时，不愿意花时间和精力去动脑子，更不愿意去坚持，只是一成不变地依照最初所接收到的信息来做简单的处理。如果让他们去尝试一下其他的解决方法，那简直是他们无法接受的。就这样，他们对任何事情的思考都永远无法深入下去。

你这个年龄段的年轻人应该像早上刚刚升起的七八点钟的太阳一样，有的是精力与活力，做事就应该灵活、敏捷。如果对待什么事情都是一副漠不关心、吊儿郎当的样子，那将是件很可怕的事情。像“漠不关心”这样的词语出现在一个步入黄昏阶段的老年人身上还情有可原，因为他们已经老了，精神也变得迟钝了，想法也变简单了，欲望也变得少了，平平安安度过余生对他们来说就已经是件很幸福的事了，所以他们不会再花很大的精力投入在某件事情上，这也是正常的。可是，年轻的你呢？如果现在的你都以如此消极的态度来对待人生的话，这实在是一件不可宽恕的事情。年轻人一定要有自己的理想和为理想而拼搏奋进的精神，要有比别人更突出、更坚韧的意志才对。我很喜欢凯撒说过的一句话，这句话很适合年轻的你们：不是优越的行动就称不上是一种行动。

其实我一直确信你是一个有着活泼气质的人，只要你生活的态度再积极一些，那么你就一定可以成为一个有成就的人。我也相信这种活泼的气质，会让你拥有更多忠实可靠的朋友，他们会因你而更加开心和欢乐。如果你想成为一个受人尊重的人，那就应该为实现这个愿望而积极行动。如果做不到这一点，你是得不到别人发自内心的尊重的。记住，你要做一个行动上的巨人，明智的想法加上努力的行动，就一定会将你带到成功的彼岸。所以，如果你有着矢志不渝的愿望，那就不要懒散，不能以任何借口来拖延，立刻行动起来，努力行动起来，不要随便认输，不要轻易沮丧，坚持到底你就能实现自己梦寐以求的愿望。

其实，每个人都有着自己的愿望，那为什么有很多人行动起来了，可是却仍然没有成功呢？因为在实现愿望之前还有一个前提条件，那就是要有丰富的知识储备。如果你是一个智慧平平的人，那么你就更应该想办法去提升自己的能力，培养自己的优势。现在的你，还有足够的时间去学习，因为你现在还没有踏入社会，没有那些烦人的公务缠身，所以你现在必须用心去做的事情是，不断充实自己的头脑，努力开阔自己的眼界。

取得成功的人并不都是那些智力超凡的人。即使是一个智力平平的人，只要在年轻时有了足够的知识积累，并且有能力将这些知识转化为力量，那么这些人也同样可以取得成功。我知道，现在的你很明白自己想做什么事情、应该做什么事情，但却总是不能静下心来，专心地去做，我想应该就是你自己这种懒惰的态度阻碍了你前进的步伐，其他的理由我实在是想不出来了。

以我的经验来看，你说的所谓的办不到的事情只不过是你懒惰的借口而已。进步或是成功是需要你付出行动去争取的。遇到困难的时候，要将这些压力转化为你前进的动力，让它们成为你通向成功之路的踏脚石，让它来激发你更加奋发向上的劲头，所以在此时候，千万不要灰心丧气，一定要努力地咬紧牙关，为了理想的实现，抱着一定能出人头地的决心，坚持不懈地做下去。

在你人生成长的道路上，遇到些难题是非常正常的事情，要想解决它们只有一条途径，那就是掌握更广泛的知识。需要注意的是，专业以外的“常识”也是知识的重要组成部分。在众多的知识中，有些知识是作为某一特定职业的人必须知道的，但对其他人来说都是无所谓的，不知道也无大碍。例如在军事方面，对于一般人来说，他只要了解一般性的知识就足够了。可是，有很多学科之间都是有着密切联系的，无论你将来从事什么样的职业，有些知识你最好都能彻底地了解一下，比如语言学、历史、地理、哲学、伦理学等等。如果追求的境界再高一点的话，最好对各国的政治形态、军事、民事、经济状况等等也做一些了解。当然我也知道，这些知识的掌握不是一朝一夕、一蹴而就的事情，需要付出很大的努力和耐心。这些知识内容未免有些广阔、庞杂，但是你知道的，不积跬步无以至千里，只要你一点一点地吸收、孜孜不倦地学习，相信你一定能够学好。只要坚持不懈地学习、积累，相信将来的你定会为拥有这些丰富的知识而感到自豪和骄傲的。

相信你也看得出来，我非常关心爱护我的孩子，但我绝不会溺爱你们，所以，你身上的任何缺点，只要我发现了，就一定会告诉你，绝对不会包庇你，因为我觉得这样做是身为父母应尽的义务，也是一种权利。与之相应的，身为子女的你们，也应该努力地将自己身上被父母点拨过的过失之处改正过来，这也是你们应尽的义务和应享有的权利，所以，希望你能够虚心接受并加以改正，这样身为父亲的我一定会为你感到骄傲的！

爱你的父亲

家书延伸

在你的身边，经常能看到因为懒惰使自己和家人的生活不尽人意的人，在人性的弱点中，懒惰具有一定的普遍性。

懒惰就像个恶魔一样出现，它直视那些头脑中长满了“思想杂草”的懦夫，与他们形影不离，并时时折磨人们、戏弄人们。在每个人身上，懒惰的表现程度和表现形式也不同。比如，躲在阳光下，坐在树荫下聊天，不想动身；沉迷于娱乐厅中，即便知道还有许多应该做的事也不能立刻行动起来；办事总是拖拉磨蹭；拈轻怕重，重活累活让别人去干；缺乏行动，总是想美好的未来会轻易实现；浑浑噩噩，得过且过……

人生不怕慢，就怕站，在一个地方时间长了，就不想去接触新鲜的事物。一旦我们停止使用我们的肌肉和大脑，一些本来具备的生理优势和能力也会在时间的消逝中慢慢生疏、退化，最终离我们而去。更为严重的是，懒惰会使我们的神经麻木，对潜在的风险也缺乏预防和应变能力。

富兰克林说过：“懒惰像生锈一样，比操劳更消耗身体，经常用的钥匙是亮闪闪的。”无论对于某个人还是一个民族而言，一个社会如果惰性成风，就没有希望获得进步和长足的发展。有些人因为懒惰，总想不劳而获，一天到晚都在盘算着去掠夺本属于他人的东西。可见，懒惰在怎样地折磨着人的心灵，腐蚀着社会风气和生活的希望。可想而知，这样的学生怎能成为对家庭、对社会有用的人才？

如果你想拥有健康的身体，如果你有理想、有向往，想成为对家庭、对社会有用的人，不想平庸，就一定要有决心，改掉懒惰的恶习。虽然克服懒惰是件很困难的事情，但是只要你决心与懒惰分手，并且运用自己强大的意志力，持之以恒地去改变自己的这个弱点，那么，你所渴望的灿烂的未来也会在你的行动中早日到来。

家书点睛

那些好逸恶劳的人总是有各种借口，他们不愿工作、劳动，有时还会看不起自己，常常会想出各种理由来为自己辩解。确实，一心想拥有某种东西，却害怕或不愿意付出相应的劳动，这是懦夫的表现。没有付诸努力是永远也得不到自己想要的东西的。无论多么美好的东西，只有付出相应的劳动和汗水，才能懂得这美好的东西是多么的来之不易，才能懂得珍惜。

有些经验无需体验，历史总会给你解答

家书原文

亲爱的孩子：

阅读历史学家的书，有一个好处就是很快能了解一般人都熟知的事，如果抛开各家不同的论调，仅仅作为一种知识的积累，也是开卷有益的具体体现。

不知道在研读历史方面你是否有好的方法呢？有些人喜欢以历史事件为中心粗略浏览史书，认为这样可以省时省力；而有些人则事无巨细，对每一个大小事件都一一牢记。这两种方法在我看来都不可取，所以我要教给你另一种方法。

在你选择了一个国家的历史著作时，首要的就是必须先抓住其中的概要内容，然后从中寻找重点。对于各国经济、文化、政治等，你认为重要的内容，都可以列入此列。然后对自己所选出的重要事件，再彻底地研读有关的论文或书籍，做深入的了解。而且，最好是能探讨事情发生的内在深层原因，并考虑由此引发的系列事件。

就以法国史为例，你可以将鲁羌特尔的书作为入门书籍，因为它短小精湛，适合初学者。如果只是想了解历史的概况，那么这本书完全可以满足你的要求。当然，如果你的目的不仅限于此，而希望对法国重大历史问题做深入了解的话，那么我推荐你阅读梅杰列的书。除此之外，你还可以参照其他相关评述性质的书籍，如散文笔记、政论性论文等，

从而帮助你多角度分析、思考问题。如果你希望全面地了解法国近代史，我想法王菲利普二世的回忆录将会是一本很好的教材，从这本书所记的时间开始直到路易十四时代，期间的历史著作不胜枚举。你可以适当选择适合自己的书来研读。至于其他吸收知识的渠道，也很容易得到。比如你在法国同各式各样的人交谈时，不妨试着把自己对历史的认识和了解，巧妙而不着痕迹地导入谈话当中。要知道，再不了解本国历史的人，也会因为生活在这样的国度中，而有自己独特的体会和感受，这些有可能就是你未必知道的。就好像一个人只看过一本书，但他对这本书的理解和认识却是独一无二的。

爱你的父亲

家书延伸

读书是迅速获得知识的法宝，它可以使我们足不出户就能够深刻地了解整个世界，它可以提高我们的生活品质，是对我们人生的完善。而身心皆健应是人生的最佳状态，西汉文学家枚乘的名赋《七发》中那个楚太子“久耽安乐”，致使“百病咸生”。假使他对物质享受有所节制，抽点时间，找点空闲，带着疑惑，常把书看看，通“天下之精微”，晓“万物之是非”，哪里还会有“大命乃倾”的厄运？

要阅读各种成功人士的传记和自传。当我们阅读林肯、卡耐基、华盛顿等人的故事时，要想不受感动是很困难的。我们以这些故事中的人物为榜样来激励自己，这样我们就会在许多方面获得提升。

英国著名的戏剧家莎士比亚曾说过：“书籍是全世界的营养品，生活里如果没有书籍，就好像是大地上没有阳光；智慧里如果没有书籍，就好像鸟儿没有了翅膀。”

法国杰出的文学家司汤达说：“读书使我在普遍的野蛮中有了恢复文明

的感觉。”

一本好书可以改变无数人的命运。晚上回到家后，先不要忙着打开电视机，你可以在家里为自己辟出一个安静的地方，放上一段美妙的乐曲，找一本自己喜爱的书籍，好好享受一下安静和温馨的感觉，听一听自己心灵的感觉。这时候，你的思想就放松了，心情就平静了。你的心灵不再受到欲望的困扰，你不再会担忧或有其他的烦恼。

人类善忘，书籍也许是科技方面最伟大的成就之一。它把荷马、柏拉图、狄更斯、马尔克斯等人的文字送到我们的书房和床边。自从发明了纸张和印刷术以来，死人也可以说话了，可以向千万人说话。英国哲学家培根在1605年曾说：“如果船的发明被认为十分了不起，因为它把财富货物运到各处。那么我们该如何夸奖书籍的发明呢？书像船一样，在时间的大海里航行，使相距遥远的时代能获得前人的智慧、启迪和发明，书籍是人类大部分知识的记录、催化剂和刺激品。”

在书籍中，我们不仅可以获得前人的智慧，更可以从中吸取经验和教训，使得自己能够少走弯路。因此，只有多读书，多读好书，才能够看清方向、看清未来，从历史中吸取教训，从书籍中获取经验，立于不败之地。

家书点睛

读书最大的好处就是能够从书籍中获取知识，获取自己所需要的经验，能从中看到前人的智慧，吸取其中的精华，提高个人的素质和修养。我们每一个人都应该把书籍当做自己的情人，让书籍成为自己进步的阶梯。所谓活到老学到老，只有不断提升自己，不断从书籍中获取自己所需，才能够使得自己处于不断的进步当中，成为一个优秀的人才。

书中自有黄金屋

家书原文

亲爱的孩子：

我十分赞同“人生就像一本书”这个比喻。打开“人生”这本书，你将学到无穷无尽的知识，而这些知识你在任何一本铅印书本上都找不到。从今天开始，我希望你能好好阅读这本书。

如果一个高层次的聚会和一本书同时放在你面前，需要你作出选择时，你应该毫不犹豫地前去赴约。因为你在那些道德高尚、知识渊博的人身上可以学到数倍于书本的知识。当然，对于现在的社会来说，声色犬马的聚会不在少数，每天忙于工作应酬已经把人们弄得身心俱疲，此时的人们可能更愿意找个清静的空间读读书，这种选择也是可以理解的。所以在读书和交际之间如何能够拿捏得当、合理安排是一件需要智慧的事。

在这里，我给你几条中肯的建议吧！

首先，最好别把时间浪费在毫无意义的书上。有些闲书多是一些没有多少思想的懒散作者杜撰出来的，为那些怠惰而又无知的读者而写的。而且这种书并不少见，你去书店看看，就会看到不少。似乎这是度过闲暇时光的美好选择，其实但凡有点基本判断你就可以明白，这种书既无益也无害，最好不要碰。

其次，读书要专，最好锁定一个主题，在没有完全弄明白之前，绝不轻易读其他的书。今后，你可能由于工作的需要，还会涉猎到其他方面的一些知识，比如历史方面，在此我建议你挑选现代史中比较重要、有趣的时期作为精读的重点，然后认真梳理，深入阅读与之相关的书籍。如果你觉得《比利牛斯条约》值得阅读，那么你就要尽可能把那些与之相关的书都搜寻出来，然后再专心致志地阅读，中途不要翻阅其他的书。你可以阅读一些可信度比较高的史书、文件、回忆录、文献等，并且相互参照，分析比较。请别误会，我这样讲只是希望能帮助你提高阅读效率，绝没有硬要你把它作为一门学问来研究的意思，你完全可以按照自己的方式支配时间。

当你就同一内容找到不同书籍来阅读的时候，往往会发现这些书上的论调是不一致的，甚至是相悖的。如果你遇到这种情况，我建议你不要轻易相信任何一方的观点，而要继续寻找更多的论据来比较，直到你有足够的证据来支持某一方或者自己的观点时，才能给出自己的结论。而一旦你通过这一过程的训练，对于这个问题，你就将获得绝对的话语权——不论是在知识把握上还是论证思维上，你都能够经得起他人的质询。这样一来，这些事件就在你的脑海里留下不可磨灭的印象了，你永远都不会忘记。

生命不息，读书不止。在你开始工作的时候，仍然需要读各种各样的书。对于在这样一个阶段的读书方法，我把它归纳为下列数项：

1. 开始工作后，可以借着和各式各样的人打交道来增长自己的见识；

2. 不要浪费时间读那些无聊无益的书；

3. 专心致志地弄明白某个主题后，再循序渐进。

如果你能按照此法长期坚持下去，那么就算你每天只读半个小时的书，也会收获颇多。

爱你的父亲

家书延伸

“活到老，学到老”，这是古人十分推崇的思想。从科目上来讲，学习是有尽头的，但如果从学习的意义方面而言，学习是刻不容缓的。

上进是不分年龄的，一旦确立了目标及方向，就必须实施行动，勉励自己时时努力。只有通过日积月累的学习才能真正拥有大学问，只要有心学习，任何时候都不会太晚，有什么比“起而行”更为重要的呢?

人若想取得长足的进步，就得不断学习。学习是没有止境的。古往今来，凡是那些有成就的人，都是得益于旺盛的求知欲。这就告诉我们，当学习充满快乐和意义时，才更为有效!

作为知识、智慧、文化、文明的载体，书籍在我们的生命里、生活中，在我们民族、历史的进程中，一直发挥着无可替代的重要作用。古时候，读书求学被看成是一件非常神圣的事情，在漫长的封建历史中，“读书做官”一直是无数人读书的最大动力。尽管其中有重功名利禄之意，但知识的重要性也不言而喻。读书是思想的传承和文化的积淀。通今博古，增长才干，修身养性，就是学习知识的目的。通过读书，可以提高自己的综合素质，做到“德才兼备”。在这一点上，古今应该是相通的。

稍微上点年纪的人都知道，20 世纪 70 年代末，在一个关于哥德巴赫猜想的报告文学中，主人公走路会撞墙，工作狂居然是如此受推崇。学数学的人都明白，哥德巴赫猜想的重要性在数学上只是二流问题，更不用说它的变种，但是徐迟说 1+2 离最终形式只差一步之遥。如果我说弱电统一理论和万有理论只有一步之遥的话，不知道会被多少学物理的人嘲笑。但是徐迟的做法是可以理解的，为了凸显工作狂的价值，就必须把所宣传的成就拼命拔高，这样英雄主义的教育的效果才会达到。

“未来真正出色的企业，将是能够设法使各阶层人员全心投入、并有能力不断学习的组织，而21世纪最具生命力的也将是学习型组织，创建学习型组织已经成为企业持续发展的根本途径。”这是国际组织学习协会的创始人彼得·圣吉博士所说的话。正因为如此，创建学习型企业成了当今企业文化建设的热门话题。

家书点睛

俗话说得好，“有志不在年高”“活到老，学到老”。只要有目标、有恒心，保持旺盛的求知欲，才能不断进步。也只有不断学习，不断对事物进行揣摩，才会对事物有更深层次的理解。对于企业而言，要想不断创新和进步，更需如此。

做一个人人敬仰的绅士

做人态度温和，做事态度坚定

家书原文

亲爱的孩子：

我曾经多次告诉过你要保持“温和的态度和坚定的意志”，我想你已经牢记在心了吧。除去这句话，我实在找不出任何一句能够放之四海而皆准的行为法则了。

可能今天我要说的又是老生常谈的话题，但我却不得不说，因为它确实太重要了。

这些问题主要是围绕我所说的“态度温和，意志坚定”来说的，我先要和你说说这两个内容分别指的是什么，然后要说说如何把它们结合到一起。

如若一个人只是单纯的态度温和，而意志却不坚定，那么这个人将会是和蔼可亲但卑躬屈膝的人，这类人往往意志力薄弱，个性软弱消极；相反，如若一个人只是单纯的意志坚强而态度却粗暴，那么这个人将会是暴躁且做事莽撞的人。

话说到这里，我们当然都知道，理想的状态是二者兼具，但在现实中，这样的人实在是非常少。有些人意志足够坚定了，他们拥有旺盛的斗志，但是却总是错误地认为态度温和等同于软弱。所以不管遇到什么情况，他们都是努力向前推进，而不管前面和对手的状况。如果他们遇到个性软弱的对手，可能能够无坚不摧。但如果遇到和他们同样的对手，则有可能二虎相斗，必有一伤。

有些人态度温和是足够了，不过个性圆滑，可以称得上是八面玲珑、左右逢源，在很多事情上几乎没有自己的判断力，只是一味地迎合他人。说得难听一点，见人说人话，见鬼说鬼话，就是说的这些人。不过他们能够欺骗的都是些个性愚笨的人，却无法骗得过智者，伪装的面具会在智者的目光下被剥掉。

那些态度温和、意志坚定的人，绝不是粗暴的，也不会八面玲珑，他们往往是拥有这样的优点和魅力的贤者。在他们指挥别人的时候，常常能以温和的态度命令他人。听到命令的人也会很高兴，并以愉快的心情去实施。可如果简单粗暴地给别人一个命令，接受的人还能全心全力地将之付诸实践吗？很有可能会凑合应付。

举个简单的例子，如果有一天我态度恶劣地对我的下属命令道："为我倒杯白兰地！"那么可以想象，他在执行这句命令时，肯定怀着想把白兰地泼到我脸上的心情。

可见，即使是命令也要下达得温和含蓄，让人觉得无法拒绝又心甘情愿，这样的命令才可以称得上是冷静而善意的行为。

即使你向长辈请求一件理所当然的事时，也要态度委婉，否则对方很可能拒绝你的请求甚至还会痛责你的无礼。如此一来，想必你就很难达成自己的目的了，更别说干一番大事业了。当然，对于人类来说，不失立场的执著和坚定的意志同样十分重要。因为凡是行动就一定会有理由，为了正义或国家利益而做出退让无可厚非，但是如果为了一些小事或怕遭到嫉恨而轻易屈服，就未免太无原则。

温和的态度能让你更好地把握别人的心思，不给他人拒绝你的借口。然而，却也不能毫无威信。用温和的口气传达出坚定的意志，这样才不会出现因为害怕麻烦而勉强接受的情况。

如果你身处高位，每天都会面临别人的请愿和诉苦。久而久之，难免会厌烦。因为毕竟太多了，真真假假的实在难以区分。于是这些人会以温和的态度使陈诉者信服，或者坚定地告诉陈诉者不要再说了，让陈诉者自己屈服；或者摆出一副高姿态，装出冷淡的样子，让陈诉者产生这种感觉——若不接受劝告，便会遭到怨恨。

如果可能的话，我希望你能做到兼具温和态度和坚强意志，这能使你不遭轻蔑且受到欢迎。这是不受怨恨而赢得尊敬的唯一方法，可以将智慧及威严集聚一身。接下来，我来说说有关实践的若干具体问题。

1. 要学会辨别退让和软弱

如果遇到一个人，他高傲自满或欠缺思考而容易说出不礼貌的话，那么你一定要控制自己的情绪，无论对方是长辈、平辈还是晚辈，你都要始终如一地保持温和的态度。不管对方的情绪如何激动，你也不能受他感染，一定要沉静内敛、喜怒不形于色。

当然，如果对方是一个毫不退让的家伙，那么你尽可以保持温和的态度去转变他，万万不能故意谄媚，露出一副狼狈可怜的模样。

当然了，这个得寸进尺的过程可能很长，他们会反复地探查你的弱点，如果让他找到下手的地方，他一定会毫不留情地下手。这个时候你若还能保持温和的态度，就会遭受他们的欺辱和愚弄，不过在过后如果他们能想通的话，就会敬爱你，到那个时候，所有的事情都可以照着你的想法去进行。

对待朋友或是其他认识的人也是一样的，保持不动摇的立场，能够赢得他们的心志，而保持温和的态度，就可以避免引火烧身。如果你有足够的层次，你也可以对自己的敌人也采用温和的态度。这有利于使他们打开心扉，同时，使对方看出你的意志坚强。

在与对方争执的过程中，你首先要合理地表达愤慨。你应该在这个过程中让对方明白，你所做的一切，不是像他一样心胸狭窄、满怀恶意，而只是思虑分明的正当防卫。

2. 工作中与人交涉时要表现得意志坚强

在与人交涉中，坚定自己的立场，绝不轻易接受所谓的折中方案，即使到了不得不退步的境地，也一定要稳住阵脚，一边抵抗一边撤退。在一步步的对抗中牢牢抓住对方的心思，或许还能够得到对方的谅解呢。

你可以和对手直截了当地对话，比如坦率地说："虽然我们现在还有一些问题没有达成共识，但是我仍然对你心存敬佩，无论是你的努力还是热情，都让我感到了你的尽心尽力。因此，我十分愿意与你加深交流，了解你的工作方式，我想这将是一件令人高兴的事。"

在我看来，如果你真正能够做到上面的这些，保持温和的态度和坚定的意志，那么无论什么交涉对你而言都将是无往不利的。

3. 要学会像"北风和太阳"一样表达自己的意见

态度温和是你需要具备的素质，但绝不是成功的唯一条件，我想这一点你一定十分清楚。态度温和不意味着任人差遣，要善于表达自己的意见，这种表达既要让对方了解你的心思又要注意语气的选择，只要不让人觉得做作，那么和蔼自然的语调应该成为你的首选。

如果你的意见与对方不一致，也没有必要马上就反目成仇，最好能仍然保持和悦的态度，用稳重的语言表达自己的意见，比如可以说："如果你问我的想法如何，我一定会这么回答吧！虽然我并没有如此十足的把握……"或者"虽然我并没有了解得十分透彻，但是事情大致上就是这样的……"这是比较好的说法。不要认为这是软弱的表现，这仍然带有极强的说服力，而且容易让对方接受。

交涉中的议论最好能保持愉快的气氛，及时表明自己并无伤害对方的恶意，更没有损害对方人格的意思。如果有什么分歧之处，就要通过深度协商交流，相信一定可以顺利解决。

其实，人们在做事的时候，最难保持的便是良好的态度了。没有人会把心怀善意的人当做敌人，同样也没有人愿意与心怀歹意的人为友。因为态度和内涵一样，会暴露一个人的本质，且欺骗不了众人的眼睛。

努力做吧，孩子！态度柔和意志坚定地向前大步迈进，你一定能够在与人交涉中牢牢掌握每一个人的心，做出一番惊天动地的大事业。

爱你的父亲

家书延伸

俗话说："良言三冬暖，恶语六月寒。"有些人说话直来直去，不注意语气含蓄，就会让对方觉得话如针刺，让人难以忍受。也许，你是有什么说什么的人，本身或许并没有什么恶意，有时甚至是出于好心。但它造成的后果却不堪设想。这样的人，最好是给自己的舌头筑道墙。

往往同样的内容和事实，因关不住自己的舌头直来直去，就会让言语变成一把刀，刺得人心里流血。对方还会因此厌恶反感，甚至心生报复之念。相反，含蓄的语言往往比直言更易于让人接受，让对方听了心里甜丝丝的，从而对其心生好感。

还有一些人，为了处处显示自己的聪明，总是和别人争辩，并且想成为最终的胜利者。这样的"硬碰硬"，既不能让对方心悦诚服，还会伤了彼此的和气。倒不如采取间接的、柔和的方式把你的想法渗透给对方，使对方更容易接受。多倾听和征询别人的意见，少做一些不容辩驳的直言和争论，哪怕你觉得自己是对的。尽量做一个站在旁观者位置上的当局者，给自己的舌头筑道墙。

卡耐基说过：天下只有一种方法能得到辩论的最大利益，那就是避免辩论。爱争辩的人们一定要自己衡量一下，你宁愿要一种字面上的、表面上的胜利，还是让对方心服口服？在争辩里，也许你赢得了一场表面的胜利，但却因此丢掉了一个朋友，甚至树立了一个敌人，实在是得不偿失。

高情商的人，即使愤怒也会克制情绪，不让恶语脱口而出，以免伤害别人。因为他们懂得，任何场合都直言不讳，很可能会让人难以接受。它会导致人际关系出现阻碍，甚至变得孤立无援。只有言语温和、懂得分寸、进退有度的人，才能得到最多的人心和最多的支持。

家书点睛

人性使然，几乎每个人都有一个内心堡垒，需要将真正的自我隐藏在里面才会觉得安全。你有什么就说什么，恰好把这堡垒攻破了，把藏在里边的人生生地揪了出来。赤裸裸地暴露出来，当然会让人觉得难堪，他怎么能对你产生好感呢？不妨控制自己，给自己的舌头筑道墙。

你的微笑是否踩在他人痛苦的表情之上

家书原文

亲爱的孩子：

我们的周围有着许多愚笨的、甚至一无是处的人，对这些人，你大可不必心怀敌意，如果你这样做了，就是好坏不分，这从另一方面暴露了你自己的缺点，说明你降低了自我的层次，把你的知识和修养落到和他们差不多的水平，这是我不愿意看到和会坚决阻止的。但是，即便是对这样的人，你也永远没有必要表露出轻蔑，也就是说，你尽可以在心里随意讨厌任何人，但是没有必要把你的感觉描述出来，并让对方清楚地了解。这样的做法，并不说明是你怯懦，而更可以算是一种有内涵、识大体的做法。再者，说不定到了未来的某一天，你还需要借这些人的一臂之力呢！如果你曾经在言语或行为上对对方不尊重，我想对方即便再宽宏大量，他也绝对不会愿意帮你的忙的。

在我看来，在这个世上凡事都有原则。如果说你无意中损害了别人的利益或者其他的什么，那还是可以被原谅和允许的，不知者不怪。但是如果你是故意去羞辱别人、伤害别人，这是绝对不可能被接受的。每一个人都有自尊心，所以不管你多久以前曾经侮辱过他，对方都会牢记在心。

比如说吧，有时候我们在极力掩饰自己的缺点或者过错，可是有人却毫不顾忌地谈论这些，让你在众人面前毫无遮拦。这对你来讲，一定是一件难以忍受的事。我们都知道，在我们背后经常会有人对我们提出各样的批评和指责，甚至还有谩骂，但是只要这些没有被摆到面前，我们还是能够忍受的。但是，如果有人当面毫不留情地斥责我们，即使是至亲好友，我们也仍然很难接受，一方面，你不愿意让对方发现你的弱点和错误，另一方面，不管是你说别人，或者是被别人说，都会使自尊心受到很大的伤害。

不管任何人，只要有一点点受侮辱的感觉，都会感到非常愤怒。所以，除非你想一辈子与对方为敌，否则即使是对方的行为举止让你忍无可忍，你也应该保持和蔼的态度，而不是随意地就露出轻蔑的态度。

但是，看看我们周围的人吧，也许是为了表现自己的优越感，也许是想讨好四周其他的人，他们乐此不疲地指责别人的缺点，暴露别人的短处。对于这种行为，我是非常痛恨的，在我看来，任何人都不应该也没有权利这么做！或许你在模仿别人短处的时候，确实会博取哄堂大笑，但是，在赢得欢笑声的同时，你已经替自己这一辈子树立了一个敌人了。而且即使是现场大笑的朋友，当时可能会因为你滑稽的表演而觉得好笑，但是他们在笑过之后，事后想起来，一定会感觉不怎么好，甚至对你的人格产生看法。因此，你将为你的这种轻率举动付出沉重的代价。

心地善良、人格高尚的人不会去以暴露别人的弱点或不幸为乐趣，更不会在公众面前模仿他人的短处。

如果你是一个聪明人，你应该懂得采取既不伤害他人，又可以使大家感到愉快的方法。

爱你的父亲

家书延伸

人生不会永远一帆风顺，谁都有时运不济的时候，不论何时都要给自己留一条后路，凡事不能做绝。得意时，不要把别人逼进死角，要给对方台阶下。这不仅是给对方机会，也等于是为自己留了扇窗户。

“三十年河东，三十年河西”，如果当初给他人留了后路，落魄时对方也会对你伸出援手。如果之前太过盛气凌人，别人只会给你一脚，落井下石。

俗话说：“饭可以多吃，话不可以多说，事不可以做绝。”这是为人处世的重要原则，也是中庸之道的重要体现。不给别人带来压力，同时给自己留一条后路，何乐而不为呢?

每个人的生活都会有起伏，甚至会是一种轮回，一时得意，也总会有失意来临；一时猖狂，也会有落魄来品尝。如果不懂得给别人留余地，甚至借机落井下石，之后必然会受到打击。说话做事留余地，才是保护自己的最好方法。

我们周围总有这样的人，年轻气盛，做事冲动，凭借一时之气总喜欢把话说绝、把事做绝，最终把自己逼入窘境。把事做得太绝，就好比杯子里装满了水，继续加水之后只会溢出，很难再满。

生活中说大话的人很常见，做事很绝的人也很多，这些人通常都不受人喜欢。如果你仔细观察，就会发现那些聪明人常常会为自己留余地。

要想给自己留后路，就必须从各方面严格要求自己，要学会说话，话不说绝。不论因为什么，都不要把对方逼入死角。

没能力做好的事，不要随口应承；有把握做好的事，也要含蓄地说，留下空间。如果别人遭遇尴尬，或一时非常失意，我们不要嘲笑，拿出自己的宽容大度，为他人开一扇门，对方必将无比感激。

每个人都有陷入尴尬、遇到困难需要及时救场的时候，这时如果我们能为他人铺就一条出路，就等于给自己留个后路，以后也好办事。

在跟他人交往时，要懂得为别人考虑，得饶人处且饶人，不要把对方逼迫到无路可走。对他人仁慈一些，就是给自己留个机会。

还有，我们要端正自己的态度，不要拜高踩低，不要戴着有色眼镜看人。有些人比较势利，看着他人落魄就冷眼相待，甚至认为对落难者的投资是无用的。因此，面对请求能躲就躲，不愿意伸出援手。这么做是不对的，在关键时刻要帮助他人，谁都有机遇不好的时候，现在落魄不等于永远不济，之后说不定还大有作为。

再者，我们还要有“多在冷庙烧香”的见识。平时有意识地多帮助时运不济的人，等他们有朝一日飞黄腾达之后，通常都会涌泉相报，这么做也等于为自己留了后路。

家书点睛

做事留有余地是一种豁达睿智的表现，可以感动人心，得到别人的支持。要想在交际道路上走得更远，给自己留条后路是最明智的方式，一旦出现意外，还会有回旋的余地，不致孤立无援。

没有专注力的人，很可能一事无成

家书原文

亲爱的孩子：

世上有很多人一年到头忙忙碌碌，年底总结了，却发现不知道自己忙了些什么，因为他们不懂得区分事情重要与否，主次不分，甚至是把重要的事情和不重要的事情颠倒了，所以把大把的时间和精力全部耗费在无聊的事情上了。这样的人遇事只看皮毛，不深究本质，是很可悲的。这样的人，在很多时候跟人交谈时，不是去了解对方的性格与倾向，而是去关注对方的衣着妆容；做生意跟人谈判，不是去研读条款的严密与恰当与否，而是去关注条款的形式；看演出，不是去欣赏情节的跌宕，而是去关注道具的完美与否。这样本末倒置的人难成大器。

一个注意力无法集中的人，很难与人愉快相处。因为他们的注意力无法集中，所以可能昨天还跟你亲切得像个好朋友，今天就陌生得如同路人一样。还有一种情况是，在群体谈话中，他完全不关心大家在谈什么，但当他自己有话想说时，从不考虑大家的谈话内容与进程，突然就插入一句。当然，除了这两种情况之外，唯一的另一种可能就是他是一个为某件事着了魔的天才，比如牛顿，可像牛顿那样的天才毕竟太少。天才发生如此暂时性的“涣散”尚可原谅，因为这是天才的特权，可是对于普通人来说，如果不顾他人感受只顾自己的情绪宣泄，那么不久后你会发现，因为你的“走神”，你早已被群体所厌恶和抛弃。

和一个注意力散漫的人相处不会是一件开心的事。因为这种散漫将被我们理解为不尊重甚至侮辱，要知道没有谁会喜欢被人侮辱。我们不妨设身处地地试想，如果和你谈话的是你崇拜和深爱的精神偶像，你还会走神吗？当然不会。人同此心，心同此理。所以如果对方是你关心的人，你就一定要集中注意力去应对。同样，如果别人以全身心的热情同你交谈时，你也不能溜号，要知道，尊重他人就是尊重自己。

拿我自身的经验来说吧，当我和一个心不在焉的人在一起时，我会觉得浑身都不自在，他的态度就好像在暗示我，他认为我是一个不值得注意和尊重的人，这实在难以让人忍受。

退一万步讲，即便对方对你的这种漫不经心不去计较，但注意力如此松散，对你个人也没有什么好处。因为如果你是一个注意力集中、用心学习的人，你可以通过仔细观察和你在相处的人的人格、态度、行为、处事风格甚至是当地的习俗学习到很多东西；但散漫的你却很可能一无所获，只是在白白地浪费时间。像这样的人就算是真的能够有机会和许多伟人相处（这种假设当然不会成立），他也肯定无法从伟人身上获得丝毫的教诲和经验。一个无法集中精神、投入全部精力去做事情的人，是无法圆满地去完成一项工作的，他更不会成为你永久的知心朋友。

你应该知道在你的教育投资上，我从不吝啬。然而我从没有花钱去给你聘用一位“唤醒人”的打算。关于“唤醒人”这个故事相信你已经在《格列佛游记》中有所了解了。书中的很多拉普坦人都是沉溺于深度思索的哲学家，需要有“唤醒人”去将他们从沉思中唤回到现实世界，这样他们才能重新与人交谈。因此，生活宽裕的拉普坦人都会聘请专门的“唤醒人”协助其回到正常生活。在那里，哲学家的思考是一件十分危险的事，不仅无法正常拜访邻居、外出散步，就连走路也不知道躲避柱子和悬崖，撞到路上的行人更是常有的事。当然，我相信我的孩子绝不是拉普坦人那样的人，不会因为沉迷于思考而分散注意力。而你之所以会有些懒惰情绪、注意力无法集中，只是因为你的头脑空空如也，对凡事都漫不经心，所以我觉得现在还并不需要为你聘请一位“唤醒人”。

爱你的父亲

家书延伸

一个人想要成大器，就要有强大的专一精神。想成事，就要对自己的梦想专一，不管遇到什么，都要紧盯目标，不为外界的干扰所动，在这点上，要向唐僧学习，唐僧一生只做一件事，即便历经九九八十一难，即便有种种诱惑，都一直西行，毫不偏离自己的方向。有了这种精神，再难的事也终有达成的一天。

有一匹马以前没有草吃的时候，靠着自己顽强的生命力活了下来。后来有个人送给它两堆草，但是这匹马却饿死了，原因是它不知道该吃哪一堆，在选择的矛盾中死掉了。

这个故事虽然有点夸张，但是确实反映了当今社会的一些普遍现象。确实有很多人很有志向，他们树立了很多的目标，他们既想成为这个，又想成为那个，但他们没有考虑到自己一生的时间其实是很有限的，在不断地选择中浪费了光阴，到死的时候也没有明白自己该做什么，最终一事无成。

其实，真正取得成功的人，往往不是那种绝顶聪明的人，而是那种有些偏执的人。因为人的选择太多，就容易被分散了精力，而那种偏执的人因为长期关注于一件事情，所以能够取得大成功。

一个人固然要树立远大的志向，但是志向绝对不能过多，过多的志向只会无谓地消耗自己的生命。有人说古时候有很多天才的人物既是科学家，又是文学家，还是思想家。古时候确实如此，但是要考虑到当时要学的东西还比较少，思想都还处于启蒙状态。某一个人只要提出一些不同的创见，自成一个体系，也就很容易被称为思想者，假以时日，思想广泛传播，被人们接受，这个人理所当然地就成为了思想家，然而这是在古代。当今社会，很难成为一个在各个方面都很突出的人。因为现在要精通一门学问所要学的东西可能要穷尽一个人一生的时间。

即使在古代，老子也曾经发出这样的感慨："吾生也有涯，而知也无涯，以有涯随无涯，殆矣。"意思是说人一生的时间是有限的，但是知识是无限的，如果把有限的生命投向无限的学习当中，就会搞得筋疲力尽。这句话的意思并不是说学习不重要，而是说要有目标、有选择地学，要有所精通。人的志向同样如此，应该有选择有取舍，做自己想做的事情，这样到老的时候才不会后悔。对于那些自己不能做的事情，也不要有过分的奢望。

在立志的过程中，不要受到太多的诱惑。无论谁通过什么方式获得了成功，都是别人的事情，跟自己一点关系也没有。而且我们面对着的是一个随时变动的社会，固然我们要随着时代而变，但是最后我们会发现真正成功的是那些在一开始的时候就认清了方向，然后朝着这个方向坚持不懈努力的人。

如果一个人确定了一个志向，就应该将这个志向明确下来，让自己每天朝着这个志向努力，最终肯定会凭借自己的一技之长在社会上立足。

当然，这并不是说志向是不可以改变的，志向可以根据实际情况的变化来不断修正，但是这不应该是经常发生的事情。如果一个志向发生了根本性的改变，那么很可能意味着以前的种种努力都化为虚无了。志向的修正过程同样是个需要特别谨慎的过程，必须有充足的理由。

家书点睛

如果已经有了过多的理想，就应该让自己做一个明确的取舍，这种取舍是必须的，否则精力就会被分散。一个打仗的将军，能够置人于死地的往往是绝招，而绝招往往就是一招。

然而在现实生活中，有很多人大概是受到“不将所有的鸡蛋放在同一个篮子”的影响，每次总会给自己准备很多的目标，而且总是幻想着即使这个目标实现不了，那个目标实现了也是比较有成就的。殊不知，这在无形之中分散了自己的精力，到最后往往是一事无成。

优秀的人就是要在不断的磨砺中前进，但不论前进到哪一步，一定要紧盯自己的目标。

成功的道路是靠良好的声望铺就的

家书原文

亲爱的孩子：

无论是怎样的人，都可能会得到其他人的认可或偏爱，但这并不意味着你可以守株待兔般地等待“爱”的降临。根据我多年的人生经验，凡是成功的人，无一例外的都是多交友、少树敌的人。少遭人嫉妒和憎恨会让你避开众多成功道路上的绊脚石，而且，一旦你遇到困难，那么你的朋友便会在最需要的时候伸出援手。当然，要真正做到多交友、少树敌绝不是一蹴而就的，你必须把它当做人生的一个目标，经过长期的坚持与努力才能最终圆梦。

如何做到这一点呢，我想给你几点忠告：

1. 真正可以保护自己的往往是心思而不是头脑

你肯定听过奥蒙多公爵的故事。他不是个聪明人，但是很有礼貌，礼仪得体，在这方面无人能与之相比，在全国也是颇得众望的人物。他性格直爽、真诚，投身于宫廷及军旅生活后，待人接物秉持柔和的态度、细腻的心思，这些魅力完全弥补了他思维能力并非最优的缺憾，因而获得了社会至高无上的评价，也使他备受众人的爱戴。

2. 不可懈怠“被爱”的工作

一个人在众人中的声望是无法准确计算的。如果这个人受到大家的推选，那么足可以证明在众人心目中，他是值得爱戴和尊敬的。至于如何才能赢得众人的爱戴，我想你可以努力去这样做：

首先你也要为此付出一定的努力，世界上所有的事情都应该通过努力获得。我这里所说的人们的好意及爱戴，并不仅仅是情人间的卿卿我我，也不局限于三五结伙的朋友间的友情，这些领域的感情值得珍视，但是也只是局限于三五人的小圈子。我这里强调的是要同各种人保持关系。通过与这些人的交往，既让对方感到愉悦，也能够使自己获取更大范围的好意、情爱及善意。此种情感，超越了没有利害冲突的人的交际圈，范围非常广泛且持久。

已过不惑之年的我，是多么希望能够重回20岁。如果可以，我会在努力寻求更多的爱这件事上更尽心尽力，哪怕倾注大半生时间也在所不惜。以前，我只在乎自己喜欢的人，把他们的爱看得很重，而对其他人则忽略不计。我希望你一定要杜绝这种行为，因为往往越是有能力的人越容易错误判断自己的亲人密友。他们在处世中可以对陌生人极其友善，而对待与自己亲密的人却会做出不得体的事，从而不仅伤害了他们也使自己陷于迷茫之中，不知所措。

想获取在社会中的声望并非难事，只要将自己优雅的身段、真诚的目光、细腻的心思及娴熟且让对方喜爱的言词、气氛、服装等集于一身，便能捕捉对方的心。我也曾见过很多明艳的女士，但是她们却无法吸引我的关注，这是由于彼此的观念有所差距。有些人的确是很不受人欢迎，究竟是什么原因，你想必也能明白。如果你对自己过于自信，认为自己已经完全合乎社会的审美需求，忽视了学习的重要性，这难免会成为极大的错误。

我曾和称不上美丽的女性谈过恋爱，这种女性气质高雅，深深了解如何来取悦他人，掌握人心。在我的人生中，唯有和这种女性热恋时，才感觉幸福得犹如在梦中。

爱你的父亲

家书延伸

话说：“好事不出门，坏事传千里。”虽然同样都是声名远播，赫赫有名显然比臭名昭著来得有价值。或许，你穷尽一生都在做好事也不见得妇孺皆知，建立一个好的名声是个持久战。但或许，你做一件不好的事情，就会满城风雨，传得沸沸扬扬，从此以后，你做再多的好事也难以挽救并扭转人们对你的恶劣印象。足以见得，好的名声是笔无形的财富。它会在无形中让人们对你产生信任感，同样的条件下你的胜算概率要比别人大很多。

现在越来越多的产品开始注意自己的品牌形象，开始建立自己的品牌声誉体系。可口可乐公司的高层曾经说过，就算一把火烧掉了可口可乐厂房，他也能够凭借可口可乐的品牌和配方重新站起来。的确，2010 年，可口可乐的品牌价值为 348.44 亿美元。好的产品形象会在消费者心中产生一个良好的反响，有口皆碑，口口相传，什么产品都不愁卖。但是一旦产品出现问题，就会在消费者心中产生巨大反响，人们就会觉得受到欺骗，流言蜚语就会极大地影响到品牌形象。严重的话，甚至会导致破产。又有人说：“做生意其实很简单，无非就是人诚信，产品质量对得起消费者，在销售过程中对顾客诚信，承诺必兑现。”道理是很简单，很多人都懂，在公司成立伊始，也确实是诚信经营，但是后来面对着更高利润的诱惑，他们的产品、服务等等都开始掺水，甚至不惜触犯法律来满足自己对利益的追求。最后结局也只能是玩火自焚。

随着经济的不断发展，很多人渐渐忘记了老祖宗留下来的高贵的或者说做人最基本的品质。比如一言九鼎、言出必行、怀瑾握瑜等。其实，这些是最珍贵的无形资产。只要你有了一定的声望，财富就会滚滚而来。

家书点睛

商人何智勇曾说：“信用是一种现代社会无法或缺的个人无形资产，诚信的约束不仅来自外界，更来自我们的自律心态和自身的道德力量。”其实不仅仅如此，商人只有讲究信用，才能给一个企业带来良好的声誉，而这种声誉正是保证你走向成功的重要资产。

什么是绅士的品格

家书原文

亲爱的孩子：

一个优秀的绅士要在激烈的竞争中取得胜利，成为一个功成名就的人，就得适应不同的生活，应对各种的挑战。这就要求绅士们首先就要有一个良好的心态。从我这么多年的生活经验看来，最重要的要数以下三种品格了。

1. 善良

善良是维持这个奇妙世界运转的力量之一。我们一直教育你，与人为善是待人接物的重要准则。你小的时候，妈妈就给你讲过一个善良的人遇到天使接受考验的故事，天使设计了各种事件来考验善良的人，而善良的人总是一心一意地维护天使。最后天使被感动了，帮助善良的人实现了他的愿望。

这是一个美好的故事，可是我们都知道，孩子，在现实中天使并不存在，也不会设计什么机会来考验你。如果说有考验的话，我认为生活中任何的事情都是对我们的考验。所以你做的每一件事情，都能够体现出你的心灵状态。所以你一定要时时刻刻记住，用善良的心去对待别人，只有这样，别人才能也用同样的态度来对待你。

2. 宽容

宽容也是绅士应该具备的一种品格。哲学家罗素曾经说过：“青年时期是豁达的时期，应该充分利用这个时期培养自己豁达的性格。”人性中伟大的胸怀、洒脱的态度、最高尚的境界之一就是宽容。

有一颗宽容的心，能够包容别人的错误，能够尊重别人的看法，能够跨越宗教信仰、种族观念，永远对事物表现出冷静客观的态度，才能够得到别人的认可和信任，只有先接受了别人，才能够让别人接受自己。

每一个人都和其他人不同，是独一无二的单独个体，有自己独有的特征和个性，在思想、性格、处事方式和原则上都与其他人不同。这种状况下，要想人与人相处得和谐，就不能用狭隘的心态去看待其他人，如果强行用自己的原则、标准去衡量他人，而且在他人的行为与自我的标准产生冲突的时候一味地认为别人是错误的，这都是不可取的。

这些人都是以自己为中心，不考虑他人感受的。我们生活的世界中，每个人都是优点与缺点共存，美丽与丑陋同在，都不是完美的。所以，在人与人的交往中，我们要学会宽容，学会发现别人好的一面，你要明白，我们自身也不完美，别人也可以指责我们的缺点和错误。

伟大的斯威夫特和许多孤僻、不容易相处的人都是很好的朋友。一些人对此无法理解，他们经常带着诧异的眼光问他：“真搞不懂，那些言谈奇怪、孤僻、与我们格格不入的人，你是怎么忍受并和他们和睦相处的？”斯威夫特总是笑着回答说：“与人相处，贵在‘求大同，存小异’，其实，他们的本性和我们都是一样的，只不过在一些生活细节上有些怪异罢了，只要他们本性是正直、善良的，我们何必又要苛求细枝末节的一致呢？”

3. 博爱

爱除了有亲情、爱情、友情之外，还包括其他许多重要的方面。爱一切人、一切物，乃至你的敌人，这种伟大的爱就是博爱。人类就是因为有了这种伟大的爱而变得更加庄严神圣的。

人只要有了一个正确的方向，在博爱的支持下，就没有什么做不到的。博爱的人胸襟开阔，待人热情、友善，并乐于助人；博爱的人能够在人际交往中永远处于不败之地。它不仅是一种社会的伦理要求，更是一种能让人生幸福快乐的法则。无私的爱与奉献才是人类存在、世界美好的根基。

世界变得更美好，是所有生活在这个世界上的人的共同愿望。那么，就让我们大家都有一颗博爱的心，都用爱去呵护这个世界吧，只有博爱，才能让我们的生活变成美丽的天堂。“仁慈与博爱的业绩万古长存”，可见，在人类所有的力量中，博爱的力量是最伟大的。

敬爱的查理·詹姆士拥有着仁慈宽厚的心灵和一颗博爱的心，这颗心能容下世界上所有的苦痛，支持他可以在那么艰苦的条件中奋斗，并保持着执著的追求，为我们的国家及人类的进步献出了他最宝贵的生命。正是因为这样，他才能用正义和善良的心去化解一切的不幸，才能在一生都伴着痛苦和坎坷的情况下，在难以忍受的磨难中成长为时代的巨人。

爱你的父亲

家书延伸

国学大师翟鸿燊曾这样说过：“放下才能承担，舍弃才能获得。……许多人没有智慧，就是当动不动，当止不止。关键时刻，一定要懂得刹自己的车。”他的意思是说，那些能担当大事的人，都是心胸宽广、勇于舍弃的人；而那些不懂得适时放下的人，都是心灵狭窄、爱斤斤计较的人，这样的人自然不容易成大事。

你是否会抱怨世界不够大，施展个人才华的舞台也不够大？你是否想过，施展个人才华的舞台大小都源于我们的内心？有一句话：“心有多大，我们的境界便有多高，我们的世界也便有多大。”要想成就梦想，只有扩大自己的心灵空间，舍弃过多的计较，才能获得最大的成功。

人们常用“世界有多大，心就有多大”来赞美那些有远大志向的人，但是如果我们把这句话颠倒一下，改为“心有多宽，天地就有多宽”，你也能从中发现人生的另一种禅理。

在我们的生活和工作中，总是不断地接受着这样那样的考验——考验我们的坚韧，我们的胸怀。也许我们不能做到“宰相肚里能撑船”，但是我们只需尝试放远眼光，换个角度，或许就会看到另一番美景。

所以，当你面对你的上级无理的要求时，当你遭遇到形形色色的不公平待遇时，当你面对无理的指责而无力反驳时，把眼光放远一些吧！不必为其伤感、厌恶、难过、悲伤，无需让这些情绪影响你的生活，要时刻记得：我的心可以容纳过去、现在和未来。

家书点睛

要时刻铭记：心有多宽，世界就有多大。在现实生活中，我们不要太计较过去和眼前的一些痛苦、烦恼和得失，那只会缩小我们的内心，心变小了，如何能装得下未来的大千世界呢？

Part3

摩根的家书：

赚钱重要，生活更加重要

人物介绍：约翰 · 皮尔庞特 · 摩根（John Pierpont Morgan Sr.），美国银行家，亦是一位艺术收藏家。

约翰·皮尔庞特·摩根（1837–1912）被后人称之为老摩根，也称 J.P. 摩根，被誉为“华尔街的拿破仑”。他曾力挽狂澜，两度拯救了危机中的美国。而其中最为人称道的一次就是 1907 年他在半退休的状态下，几乎以一己之力拯救了美国的金融危机。

摩根家族的缔造者是老摩根的父亲——朱尼厄斯·斯潘塞·摩根。朱尼厄斯·斯潘塞·摩根通过继承乔治·皮博迪于伦敦创建的金融机构，打开了这个家族传奇的篇章。在 19 世纪 80 年代，约翰·皮尔庞特·摩根接管了父亲的财团，并将总部迁至纽约。J.P. 摩根不仅精通金融各方面的业务，同时也是一个资产重组的好手。在他的主持下，建立起了几乎垄断美国的钢铁公司，这一举动也为美国成为世界霸主打下了良好的物质基础；他还重组了当时美国的铁路行业，当时美国铁路被指发展过度，极大消耗和浪费资源，通过老摩根的重组，让美国铁路系统又迅速回复到了正常轨道，就连美国在危难之中挽救金本位制度，都赫然显示在老摩根的功劳簿上。

通过老摩根卓越的金融才干和精明的手腕，摩根财团迅速成为了一个庞大的金融帝国。到了 19 世纪的后期，美国基本上所有的大型融资活动都缺少不了摩根财团的身影。通过股权信托模式，摩根获得了银行业中前所未有的至高权利。银行家也不再局限于为客户提供资金的支持上，而是直接进入到公司领导层岗位中进行管理。这使得金融行业与工业之间那层隔膜几近乎消失。在华尔街成为美国经济产业支柱的时代，摩根这位“华尔街的拿破仑”已经成为了高高在上的皇帝，掌控着一切大权。

老摩根不止在金融业声名显赫，在教育方面他也有着卓越的成效。老摩根不管多忙，都会不定期地给他的儿子小约翰・皮尔庞特・摩根写信。他的这些写给小约翰的信也被世人视为教育子女的智慧结晶。

老摩根希望小约翰能够继承家族产业，并将其发展壮大。所以他对于小约翰的教育亲力亲为。老摩根通过小约翰生活和工作中一些事物为引导，教授他工作与做人的道理，逐步让小约翰具备了企业家的能力和精神。

虚怀若谷，方能容纳百川

面对批评，心情无需太过沉重

家书原文

亲爱的小约翰：

讨厌得到令人不快的批评，世上所有的人概莫能外。从古至今皆是如此，因此我们不用去回避这个事实，也回避不了。

我知道在上周，哈里批评了你，从你脸上写满了的愤懑表情上就可以看出，也许到现你还为此心怀不满吧！对你而言，这个打击一定难以接受，对你此时的心情我表示能够理解。且不去管哈里对你提出的批评是否完全正确，但我明白，他一定强烈地伤害了你的自尊。你一定明白，对你横加指责的人不一定是就事论事，也有可能是想借此宣泄对你的不满或者是企图达到其他某种目的。因此，在你愤愤不平时，应当冷静下来想想，对你施以指责的人究竟是什么样的人。

不管他是谁，即便是大家眼中的强者也有一定的性格缺陷。通常来说，心胸狭窄的人不会对周围的人或物给予爱心和关心，他们鼠目寸光，只纠缠于些许关乎自身眼前利益的琐事。以我多年的经验看来，大约只有10%的“批评”才是有价值的，其他的90%都掺杂了嫉妒、恶意、愚笨甚至无礼。赶紧将那90%的不正确评语抛诸脑后，不合理的批评或恶意中伤的指责只会给你带来无谓的烦恼！如果你不能洞察秋毫而一味地耿耿于怀，你将会与许多使自己进步的机会失之交臂。因此，衡量“批评”的价值就变得尤为重要。

批评的杀伤力，往往更甚于武器。因此，你对别人施以的批评要有纯熟和准确的判断力，否则你将会陷入对方设置的陷阱里而遭受别人的恶意攻击，对你造成的精神伤害将会是巨大的。在这里，我并不是将所有的“批评”一概否定。在我看来，善意而巧妙的批评会让人受益匪浅，甚至可能会改变人的一生！

运用巧妙的方法提出建设性的批评，会使被批评者毫无意识地接纳，当然这种“毫无意识”是指没有抵触意识。这种巧妙的批评，就是引人向善的智慧箴言。而没有经过深思熟虑就脱口而出的批评，自然无法达到预期的效果。作为管理者，你一定也会对你的员工用到“批评”，如何运用它是你必须掌握的。你的批评是具有建设性还是破坏性，能不能让对方乐意接受并决心改正错误，有没有伤害到别人的自尊？这些问题，你都应该在批评别人之前做认真的自我检讨！如果你对下属的批评伤及到了他的自尊，那么你不但不会收到预想中的效果，反而会因为这次不得当的批评而失去本不该失去的东西。所以，掌握巧妙批评的方法，是管理者需要注意的。

人们常会忘记，人的心态与习性各不相同。可以将有些人比喻为蒲公英，而有些人的特质则像是玫瑰，你不能对他们做同样的要求。譬如在同一个办公室里的人，他们的习性与个性全然不同。有的积极主动，有的消极被动；有的人擅长某一领域，而有的人则在其他领略才能施展才华。对于这些不同的人，你用同一套方法、同一个标准去要求他们，团队效率肯定会大打折扣。同样在对他们作出批评时，你的方式必须因人而异。

尽管批评者在提出批评时始终保持着友善和中肯的态度，但是被批评的人未必有广阔的胸襟去接纳别人的忠告。如果他只介意于别人的“评语”，即使是恳切的忠告也会将他刺痛。这样的人不但无法得到进步的机会，他的一生也将生活在沮丧与痛苦中。

在企业的经营管理上面，时下流行一种所谓“职务评价”的方法，即把公司所有职员一一叫到跟前，然后细数他们在一年工作中的优劣得失。我本人非常反对这种管理方式，因为这不仅会牵涉人类心理的问题，而且那样做就是违反人性的。为什么这样说？因为除了极少数的人能够接受之外，一般人都很难接受，特别是在短暂的时间内，突然承受一箩筐的赞美或者一大堆的批评。

我认为，最好的方法是每天都应该进行“职务评价”。对于公司的主要干部，你要每天考核他们的效率如何，以便时时予以鼓励或者指正。一年一度的大量奖惩，就好像是学校期末考试的成绩单，我认为那太过于公式化了，没有实质的意义，我也不赞成这种做法。如果对某些事物存在疑惑的下属需要得到你及时的教导与指正，你为什么非等到3个月后的“评价日”呢？所以我要再提醒你，千万不要让可能避免的错误延到第二天。况且，我深信，一时蜂拥而至的大量批评绝对比不上平时程度缓和的批评。唯有平时缓和的批评，才能让员工卸下心头的压力和负担，朝更有效率的生产目标靠近。当然，你任何时候都不要忘了，注意批评的技巧性。

让我们暂时放下这些一般性的问题，现在来分析你最近的情况吧！你有没有冷静地考虑过那位批评你的人呢？他提出的批评是否属于根本不值得在意的90%范围内，还是他并不是在吹毛求疵、确实是针对你的毛病所提出的建设性意见？你必须对此加以思考，如果最后得到的答案是负面的，那么你就必须找到他再做沟通。但是你一定要保证自己不能丧失自制力，否则结果会变得更糟糕。

亨利·汤姆林斯曾忠告人们：“切莫被批评之风击倒！”的确，“没有经过深思熟虑的批评就像城市里未经保养的下水道一样，随时都可能爆发危险！”我们一定要仔细思考别人提出的所有批评，并且要进行恰当的处理。对于别人中肯的批评，你一定要虚心接受别人的善意，帮助自己改进，而对于那些妄加指责的人，你可以选择忽视或者直接驳回，千万不可在意让那些心怀叵测的人施以的恶语中伤。

人的一生中，总免不了遭受批评或者向人提出批评，尤其是当你想创造一番事业的时候，接受或提出批评更是无可避免。因此，还年轻的你趁着这大好时光，好好学习如何应对这无可避免的批评吧！这一定会让你受益无穷。

爱你的父亲

约翰·皮尔庞特·摩根

家书延伸

培根曾说过：“一个人从另一个人的诤言中所得来的光明，比从他自己的理解力、判断力中所得出的光明更是干净纯粹。”常有人批评与嘲笑自己，会给自己敲响警钟，避免走弯路、少犯错误或不犯错误，这是件好事。俗话说得好：“当局者迷，旁观者清。”下棋时，观棋人在旁边指点一下，下棋人可能就会恍然大悟，不能接受别人的意见、批评与嘲笑的人，必然不能够更快地进步。因此，面对批评与嘲笑时，我们应该虚心接受。

抗战时，清华、北大、南开南迁昆明，建立了西南联合大学，很多当时的文化名流都齐聚昆明，可谓是昆明有史以来的一场文化盛宴。在众名流中，有一个不受云南欢迎的人，他就是被作家施蛰存称为“被云南人驱逐出境”的李长之。是什么原因让李长之被驱逐出境呢？就是因为他提出了一些可贵但逆耳的意见。

毕业于清华大学的李长之，1936 年留清华大学任教，次年秋天赴滇任教。

李长之才华卓越，其专著有荣获学术界高度评价的《中国文学史略稿》、《批判精神》等。来昆明不到半年时间的李长之写了一篇短文《昆明杂记》，随即引起了轩然大波，以至于被云南人驱逐出境。为什么才华出众的李长之会招此恶果？原来，在这篇杂文中，昆明人根本找不到夸赞云南人的词语，也找不到赞美云南美景的语句，看到的只是批评、嘲笑和指责，惹得云南人大为恼火，当时昆明大大小小的报社都发表文章对李长之群起而攻之，李长之自知待不下去，只好卷铺盖走人了。

《西南联大在蒙自》是余斌先生所作，他在文中这样评价李长之事件："李长之尽管恃才傲物，话说得偏激一些，虽有以偏概全之嫌，倒也非凭空捏造，昆明人那时不知为什么竟有点儿反应过度。"

针对"李长之事件"，楚图南先生后来说道："来到云南的学者名流，对于云南的印象总是冠冕堂皇的一套恭维，如云南天时气候如何、人民性质如何、社会秩序如何之类，照他们说来云南真好得像天堂一样，但情况并非完全如此。云南固有得天独厚之处，但也有许多不足。真有自尊与自信者，就不应讳疾忌医，害怕批评与嘲笑，哪怕批评与嘲笑很严厉，有些过火。"

针对当时的状况，楚图南先生还写道："那只是反映了云南社会落后、幼稚、无知，才有着这种需要，需要表面的恭维，无论真心也好，假意也好，至少反映了云南还不能容纳真实的批评与嘲笑，无论是在极细微的地方。也就是云南还没有对人尊重和对学术宽容的雅量。"

余斌先生也针对当时的状况很有感触地说："你爱夸耀云南是什么什么王国，人家就送你一顶又一顶'王国'的金冠，你说云南民族文化丰富多彩，人家就说确实丰富多彩。但你能听懂此话背后的意思吗？这王国那王国，不就是些资源吗？所谓丰富多彩，不就是色彩斑斓下面的落后吗？"通过表面看本质，许多学者已经看到了侮辱和欺骗就藏在恭维背后，但深感遗憾的是，李长之事件已经成为既定的事实，再也没有回头可言。

这件事虽时隔多年，但也为我们后人提了个醒：一定要正确对待批评与嘲笑，如果提出批评与嘲笑的人的出发点是好的，即便他们的批评与嘲笑有些过头，也不要对其怀恨在心。要学会宽容大度地去包容，然后去反思自己不对的地方。要容得下“李长之”式的人在自己的身边。

想要进步，就要敢于虚心接受批评与嘲笑。能够接受建设性的批评与嘲笑意见，并且依言而行，这种表现就很成熟。

你的朋友、同事或者家人，就像是一面明镜，他们能随时指出你的缺点，随时给予你必要的批评和指正，从而给你前进的动力，因此不要太过于相信自己的眼睛，毕竟“不识庐山真面目，只缘身在此山中”。有时候，身边一些人的批评和意见虽然听起来有些尖酸刻薄，但你冷静下来仔细想想，认真地分析分析，就会发现他们所言不虚。

所以，在面对批评与嘲笑时，请用宽心去对待，批评与嘲笑能帮助自己改进工作、克制情绪、完善自我个性，让心态走向积极的方向，如此一来，就可以将批评与嘲笑转化为动力，让自己的速度加倍，我们就可以快速前行了。

家书点睛

请冲破固有的思维禁锢吧，用一颗宽容之心去对待批评与嘲笑，对批评与嘲笑的人所提出的意见充满谢意，虚心承认自己不足的地方，那么你就会像一列疾驰在铁轨上的火车一样，在今后的人生道路中必然会有所作为。

摆正心态，前途会一片光明

家书原文

亲爱的小约翰：

像你这样一个有雄心的人，希望扩大自己的事业，我能理解这种想法，对你表现出的胆量和勇气也十分赞赏。不过我觉得，在作任何决定之前，都应该制订一个妥善的行动方案。你的计划必须切合实际，凡事量力而行。

不久前，你制订了一个如何将事业扩大75%的方案。说实话，在我看完这个大手笔的方案后，我心里非常激动。想想看，你在这个行业只有3年的资历，凭这点来看，这无疑是一项极具魄力的大计划。你用你的创造力为这个公司的发展设计了一个极富野心的计划，但是非常遗憾的是，我从中无法了解这项计划的依据以及你做出如此展望的动机。我们公司目前的业务并未100%地发展，只是以80%~90%的能力去工作。事实上，我们的事业并未到达非扩大不可的地步。虽然我们公司有办法将生产力提高到平时的120%，可是假如我没有记错的话，即使你过去付出最大的努力去销售产品，也只出现过两次让公司的生产力提高到这种程度的情况。

按照你的观点，之所以我们的竞争对手能够接到大量的订单，是因为他们拥有我们不曾拥有的生产设备。对于这件事，我不想和你有过多的争论。不过，基于我对那家竞争公司或多或少的认识，我有我的看法。

该公司能提供我们所没有的若干服务，这一点的差别主要是因为彼此的经营策略大相径庭。我们之所以不提供某些服务，是因为我们不愿意去尝试某种包装。想要接收大量的订单，必须首先开发大量的产品，否则就很不合算。因此，对于那种特制品，我并不羡慕竞争同行对它作出的投资。因为即使对方能够将销售量维持在目前的水平，但以后却不会取得任何突破。毕竟，顾客对于新产品的包装种类有了更加清醒的认识。目前所能够生产的产品有3/4，而不能生产的产品有1/4，这种生产比率在业界已经很不错了。

近几年，我们公司业绩的年平均增长率大约为30%。我想，在这过去几年我们已经竭尽所能了。限制企业家施展抱负和才华固然是不明智的，某种程度的野心也是刺激企业家发挥潜能的必要。但是人一旦掉入贪婪的战场，那将是一件十分悲惨的事！

由于种种条件的限制，目前我们仍然无法以更迅捷的速度扩展事业。即使你断言我是一位能够站在一名董事长的立场（暂且脱离销售的立场）看问题的人，能够设身处地地去检讨当前的问题。即使在目前的乐观的成长率之下，添置新设备及扩充工厂仍然会用到银行最大限度贷款额，这样会消耗税后的利润甚至折损殆尽。想想我们与年俱增的负债款额，你还能说我们在商场中已经站稳脚跟了吗？而偿还借贷和支付利息，也还需要数年的时间吧！所以，我期待你在销售部门中，不停地划动你手中的桨，务必努力前进。

即使我们能够克服这方面的障碍，借到充足的资金，而为了确保产品的质量能维持过去一贯的高水平，势必又会面临着又一个问题——训练新职员。你一定还记得，你在第一天进入公司时，我们之间的谈话吧。我曾向你强调，公司成功的背后隐藏着若干因素。其中最大的因素，就是必须具备工作调度者、机械工、领班以及干练的一般职员。如果欠缺了其中的任何一项，你将会使得我们在半年内变得一贫如洗。

我们公司在去年增加了15%的员工，而这些新进员工多半没有从业经验。由于我们这一行有经验的员工并不多见，因此对于那些以各种理由辞去其他工作而转投我们的人，不得不提高警觉以防其图谋不轨。如果他们是因为不满竞争同业剥削劳动才到我们公司来工作的话，应该不会只有一两人吧！依我看来，他们极可能是由于某些原因，而无法在原来公司中继续待下去了。总之，进入本公司的职员，最好自一开始就以我们的方式去训练。要知道，让一条老狗学习新把式是相当困难的，而所需的费用也相当可观。

当今的社会正在不断地成长与进步，然而，有些企业家却比较消极。他们认为，只要他们开发的新项目取得了实际利润之后，那么最艰苦、最危险的创业时期就算过去了，偿还债务以及创业时所带来的一切烦恼也被抛至九霄云外，即使失去了大量的订单和重要职员或者整批产品都被退回，也不会给他们造成致命性的打击。他们认为自己到这个地步已经是稳如泰山了，也无须扩展，因为即便是遭遇上述的一两个危机，公司也不会一蹶不振，所以他们只管放心、安稳、舒适地坐着就好了。

大规模扩展事业，你几乎得从头做起。因此，为了让扩大规模后的事业步入正轨，还必须要开拓新客户。而为了支付扩充的费用，以及应对伴随而来的种种问题，必要保证扩大规模的事业能赚取高额的利润，这种风险是非常巨大的。为了不让公司承担高风险，有些企业家采取稳步发展的做法。为了达到这一目的，他必须要有抑制野心的严格自制力，以及遵从我所崇尚的“勿贪得无厌”的原则。很不幸的是，现实中有些企业家正是因为盲目地扩大事业而导致一败涂地。你也许对此感到意外，但毕竟，具有魄力、耐力以及财力的人不在多数。

我的观点很明确，按照公司一贯的经营方针，在银行放心贷款以及不勉强的情况下，追求稳步发展才是明智之举。如果只是为了与竞争对手一较高下而盲目扩展事业，这种意气用事的做法似乎有点太冒险（你也知道我并不是一个很容易畏惧的人）。如果我们用相同的产品去力抗竞争对手的特制品，自然无法占得优势。我们应该将自己的特制品当做从同行竞争对手手中夺回订单的武器，事实上，我们公司有办法及时应付这种订单。

所以，约翰，将你的销售创意朝我说的这个方向发展如何？如果能这样，那么我将满心欢喜地加班，为你拉来的所有订单而努力，以保证在合同规定的期限内完成交货。同时我保证，生产部门必定会一如既往地生产高质量的产品，使你的新客户继续与我们之间的合作。这样的话，我们只需用目前 80%~90% 的能力去工作就能够应付自如了。

年轻人应该有创意，我期待能够再次听到你充满创意的建议。将公司这班列车以超出原来 20% 的速度急驶，对于你这种想法我不表示任何异议。我只祈求前途一路顺畅，因为一旦脱轨，后果将不堪设想。

爱你的父亲

约翰·皮尔庞特·摩根

家书延伸

世事无常，你怀揣着好的想法看待世界，世界就是好的，反之用坏的眼光去看待，世界就是坏的。只要心存希望就没有绝境，任何事情都不值得你沮丧。

人生不会一路坦途，但是价值的体现绝不会是你的生活多么的平庸，而是你坚强勇敢的挑战过难关之后，随之迎来的精彩。跌倒并不可怕，可怕的是跌倒之后就再也没有勇气站起来。

所谓绝境，在很多情况下，并不代表生存的绝境，而是精神上陷入绝境，只要精神不死，一切都不能将你击垮。

美国第 37 任总统威尔逊说：“我们因有梦想而伟大，所有的伟人都是梦想家。有些人让自己的伟大梦想枯萎而凋谢，但也有人灌溉梦想，保护它们，在颠沛困顿的日子里细心培育它，直到有一天得见天日。”意志坚强的人，总是能够顽强地守住自己的梦想，用希望点燃潜能，在绝境中创造奇迹。

真正的强者就是类似于米歇尔这样的，怀着希望和自信、昂首迎接生活挑战的人。任何人都具备迈向成功的条件，哪怕你是残缺的！悲观者过早地放弃了希望，才使得生命沾满颓废的尘埃。一个人只要不灰心、不放弃，就没有任何难事能够击倒他。相反，遇到困难就灰心丧气、止步不前，只会让你处处碰壁。

所以，不管你失去了什么，请把希望牢牢抓住。无论别人比我们多得再多，只要希望在，我们就一定会能在别的方面赢取更多。人生中无论顺利与否，都要从容面对；面对得失，一定要保持一颗顺其自然的心。路在脚下，事在人为。

家书点睛

“生活本来就是不公平的，不管你的境遇如何，你所能做的，只有全力以赴。”这是霍金先生曾经说过的一句话，生活让你哭泣，但是你要拿出勇气去直面人生。“不管风吹雨打，胜似闲庭信步。”保持心态平衡，勇往直前。

失败其实没什么大不了

家书原文

亲爱的小约翰：

你应该有这种觉悟，在通往成功的道路上，苦难不是阻碍你前进脚步的陷阱，你应当把它当做一种鞭策，使它成为驱使你前进的动力。从你的报告中，我已经了解到，在你与客户之间，没能成功地达成合作契约，对此我感到非常遗憾。同时，我也明白你为成功完成这份合作契约所付出的努力以及对它的无限期待，其中耗费了大量的心血，但最终的结果却不如意，这的确令人十分沮丧。也许你会因为这件事，便对对方怀恨在心。但如果你正是这样想的话，那就太糟糕了。这不但无济于事，反而会使自己蒙受更大的损失，因为这样会使你烦恼而情绪低迷。你千万不可因此而消沉，甚至丧失你平时的乐观和热忱。

在这个现实社会中，失败并不意味着不幸。在经过一段时间的历练之后，有了深刻的体悟，你就会明白：这个世界上能完全信赖的人简直是凤毛麟角，在你面对其他人的时候，心中一定要有所戒备。人人都有戒备心理，因此想要获得他人的信任，你需要运用你所知道的各种知识，这些知识也是你的安全装备。这里所谓的安全装备，其表现形式可以是各种各样的。当你初次和陌生人打交道时，你需要尽量从多个方面去了解他、探查他的背景。这种方式是行得通的，因为一般人往往都按照他原有的行为习惯去表现自己。而对于不守游戏规则的人，必定是有过多次行骗经历、或是伤害过别人感情的人，你必须严加戒备。

而被伤害过感情的人，多少都会形成一定程度的复仇心理。因此复仇观念便早已植根在他的记忆中，面对这种客户，你需要付出更多的调查时间。

另外，你必须以个人的学识和修养，努力做好售后服务。从客户的立场来讲，他们很少去考虑整个公司，因为他们并不是直接与公司进行面对面的商谈，他们主要的商谈对象是你。如果你确实做好了售后服务，使得客户对你产生信赖，那么对公司的信任也就随之而来，他们对契约的顺利履行也就充满足够的信心。当然你还需要明白，优秀的员工、最好的设备、有效的经营策略也是引起对方注意的方法之一。

在未来的工作中，你不应该忽视那些你曾经有过的尝试经验，就当做是你以几十年的时间去弥补这桩失败的契约吧！用远见的双眼和清醒的头脑去关注并思考事情发生的背后原因，你会发现一个或两个（也许更多）相同的情况。经过思考总结后，当再次发生同样的事情时，你就能用更从容的态度和更得当的方法把事情完美地解决，这正是失败的意义所在。一个明智的人，在失败的痛苦中所得到的教训，必然多于在胜利的喜悦中所得到的。

你要知道，这桩失败的契约并不会伤害你的品格。你的失败也并没有危害到个人或者公司的信用，当然，假如真有这种情形存在，你一定会更加难过，而我也将给予你相当的惩罚，相信你应该明白这一点。

你具有诚实的人格，而对方却没有，因此你完全没有必要感到羞愧，感到惭愧的恰恰是他们。缺乏诚实品质的人能否在企业界长期存在下去，我表示怀疑。企业界是个相当狭窄的世界，一个人如果在商业行为中存在欺骗行为，他的企业生命力势必不得长久。况且，缺乏诚实的行为必定会招致不良后果。所以不必去考虑他的人格，你必须注意的是你自己的品格，这才是最重要的。诚实的人，总会有诚实的回报，也许你现在或短时间内看不到，但最终你会因为自己的诚实品质得到回报，而这种建立在品质上的付出，其回报价值却是无法估量的。一个诚实的人，必定具有高度道德的生活态度，也就是说，这种人在日常生活中所表现出来的是认真、正直和坦率。对企业界而言，这种品质就是促使永久性成功的生命力。不诚实履行与客户之间的契约，也许在短时间内能获得相当可观的利益，但是从企业的长远发展来看，这无疑是自掘坟墓。想要获得持续性的成功，就必须极力避免这种情况的发生。

无论如何，绝对不要给对方一个不诚实的印象。在这次合约的商谈中，你的确是被人欺骗了，或许你想以牙还牙将这股怨气发泄到他们身上吧？这是人之常情，我并不责怪你有这种想法。用我们相同的遭遇还给伤害我们的人，或许在自尊心上是得到了补偿。但如果你真的这样做了的话，你的损失将更加惨重！

其实，在这之前，你并没拥有什么，而这之后，你也没有损失什么。因为那契约原本就是不存在的。如果只为了契约失败而心生怒气，甚至采取冲动的报复手段，那你就将有所损失了，这样做岂不是很不划算吗？因为这件事，也许你认为自己是一个失败者。但是，我想跟你说的是，“失败”和“暂时受挫”意义是不同的。那种常被人们视为是“失败”的事情，事实上仅仅是暂时性的挫折而已。这种暂时性的挫折会使我们重新振作起来，让我们转向其他方向——比以前更美好的方向前进，所以，它其实是一种幸福。

无论是暂时性的挫折还是困境，你都要把它当做是一种教训、一种持久性的教训。这种教训是不容易得来的，除挫折以外其他方法都无法得到。

有了这次的经验后，在以后与客户的交往中，你必定会对对方的品格多加留意。这不正是对你这次努力的最好回报吗？换个角度来看，就算你顺利完成契约，你又能从中收获什么？与这种品格低下的人撇清关系，难道不是一件好事吗？如此看来，这个契约的搁浅并不是一件坏事，相反，你应该把它当做是幸运！

爱你的父亲

约翰·皮尔庞特·摩根

家书延伸

大部分人都畏惧失败，遇到失败就好像万劫不复了，从此便一蹶不振。其实，许多人要是没有遇到类似失败这样的逆境，他们本身巨大的能力便很难被发掘出来。人的潜能往往都是在极大的逆境中被激发出来的。因此，从某种角度来说，当我们面对失败时，不要表现出一副悲观的样子。

人只有通过各种各样的考验才能验证出自己能力的大小。有时候失败让我们看清是自身的能力不足所致，需要提升自身能力后才有可能将这个敌人打败。这个敌人不是别人，而是我们自己。你若是能认为暂时的失败只不过是经验的学习，那么你一生中成功的次数将远超过失败的次数。

面对失败，有人把它看作是一种惩罚、一场灾难，从而放弃真正想要得到的东西；而有人则把失败视为一次完善自我的机会，只有通过失败才能提升自己。这两者有着不同的区别，前者是真正意义上的失败者，后者则是成功者。

纵观历史，凡是有所成就的人无一例外都有过艰辛的经历，而他们也都撑过来了，并且将其转化成对自己有利的经验及能力，从而协助自己创造更大的成绩。

失败是成功之母，的确就是这样。一个人坐着或是躺着，当然不怕东西把他撞倒。但如果他起来走动，就很有可能被绊倒或是被其他一些别的东西刮伤。这并没有什么大不了的，因为这会给你警示，当你再运动时你会绕开那些绊倒你或是刮伤你的东西。

遇到挫折不敢正视或是不懂奋斗的人是不会成功的！其实，事情一开始做不好或是失败，原本就是很合理的。只要我们能正确地认识到这一点，给予这些挫败最佳的注解，就自然能够释怀，并将其转化成对自己有益的能量。

失败并没有什么可耻的，可耻的是因挫折而畏缩。古来不以成败论英雄，而以勇敢视豪杰。究竟怎样的表现才算得上是勇者？在逆境中敢于迎难而上、克服困难的就是勇者的行径。

当我们由低到高向上攀爬时，没有着力点何谈向上。人生的奋斗过程亦是如此，失败就是我们向上攀登的那个着力点。

人都有不如意的时候，然而“失败是最好的礼物”。人只有在身处逆境之时，头脑是最清醒的，清醒的头脑才会帮助自己找到更好的出路。

如果你未来的幸福是短暂的失败所致，那么请你忍受失败；如果短暂的快乐会毁了你日后的幸福，那么请你将这短暂的快乐抛弃。记住：“生命中的每个挫折、每个伤痛、每个打击，都有它的意义。”“不经历风雨，怎么见彩虹，没有人能随随便便成功。”成功的前提条件就是要经历失败，只有经历过失败磨炼的人才能看到雨后的彩虹。

家书点睛

其实，世界上的失败都是相对而言的，不要因为一次失败而一蹶不振，要从失败中吸取教训才能更快地成长。失败只不过是短暂性的挫折而已。失败并不可怕，可怕的是你因为一次失败心态变得消极。只有在失败中吸取了经验，怀着积极乐观的心态才能让自己走向更美好的人生。

有多大的度量，就有多少的容量

家书原文

亲爱的小约翰：

我发现你和竞争对手之间的怨恨情绪似乎更加高涨了。在残酷的商场上，打击你的敌人是无可厚非的，这是适者生存的竞争法则。可是，有时候也不能做得太过分，不留余地。尽管商业竞争往往不择手段，但是打击敌人还是要做到合情、合理、合法。如果你想使企业具有长久的生命力，我想你还是应该要坚持某些原则。

如果在商场上树敌太多，被敌人群起而攻，任你本事再大，终究也是双拳难敌四手，难免会因此陷入困境。如何在商场上做到避免树敌，以免招致报复，这是我想在这封信里谈的问题。以我多年的经验看来，我认为首先要保持谦虚和自信。也就是说，避免树敌的第一要点是“虚心”，如中国的名言：“虚怀若谷，方能容纳百川。”

我知道你有很多值得骄傲的地方，这对树立自信固然重要，但必须建立在谦虚的态度上。你在执行自己的任务时，一定要有信心，但唯有建立在谦虚上的信心，才能变成卓越的信念，把你导向成功。许多陷入失败境地的人，往往是因为他自大自傲的态度所致，这种目中无物的人会在不知不觉中陷入固执己见、故步自封的境地。

对于这种情形的发生，越是位居高职的人，越要严加提防。因为身为高层管理者，就意味着很少有人直接去纠正你的错误。这时你只有自我反省，经常自问是否保持谦虚的心态。如此你才会明白，职位比别人高并不意味着能力比别人强。如果你觉得自己的部属能力不济，这说明你没有那一份谦虚的心态。即使你发现你的部属什么都不如你，但只要你用谦虚的眼光去看他，你就会慢慢发掘到他的长处。这样，一旦部属有什么适当的提案，你也能欣然接受。广开言路、集思广益才会有利企业的发展。

作为领导，你要善于听取意见。如果你把员工的话当做“废话”，那么你们之间的谈话只会带来不快，若是你认为员工的话“有道理”，得到鼓励的员工就会发挥热情，你也可以从中得到自我纠正的机会。因为即使是再普通不过的员工，也会有因灵感迸发而抓到了一个好念头的时候，这对你的帮助是不言而喻的。尽管这是一件小事，但有时候就是小事决定了你事业成败的关键。

作为一个经营企业的领导者，在看到别人把企业经营得风生水起之时，你能由衷地赞叹别人“经营得不错”的话，也许你就能用一个好的心态去学习别人的经营方法并用在经营自己的企业中。当然你要是能诚恳地前去讨教那就好了，对虚心求教的人，对方一般都会坦诚相见，除非是特别机密。

虚心做事会让你受益匪浅，虚心请教、集思广益远比你一个人在黑暗中独自摸索要好得多。但你要注意，虚心并不是要你毫无主见，一味接受别人想法的灌输。你要在虚心接受他人意见的同时，还要坚持主体性和自主性原则。只有在这两方面做好协调，你才更容易走向成功。对于刚开始做生意的人，因为经验的缺乏，几乎什么都不懂。开发了一件新产品，往往不知道该如何定价。这时，他的办法就是向其他零售商请教，因为他知道那些经常与消费者接触的零售商应该清楚如何制定合适的价格，错不了。于是他求助于零售商，出示新产品，问他们：“像这样的东西可以卖多少钱？”这种情况下，那些零售商都会坦诚地告诉对方行情，照他们的话去做就不容易犯错误。而且不必付学费，也不用伤脑筋，天下没有比这个更划算的了。但愿你能培养这种“虚心”的精神，只有怀着虚心的态度去向有经验的人请教，接受他们的好意见，你才会越来越接近成功。

对于一个企业家来说，管理手段固然重要，但比这更重要的是高尚无私的人格。这是在这封信里，我想和你谈的第二个重点。知识和手腕固然重要，但你要清楚地知道什么才是人生正确的立足点——高尚的人品。因为高尚的人品，会使得员工在对你的尊敬和感激中毫无保留地奉献自己的力量。这就是“爱心”的力量。

谁都认为只有自己才是这个世界上最重要的，这是非常自然的感情。但如果被私心蒙蔽，让自己被个人的利害或感情左右，那么他的理智就会大打折扣以致无法作出正确的判断，自然也无法产生坚强的信念。如果你能做到不被情绪影响，理智地考虑事情的对错，你才能作出正确的决定。

因此，我希望你要对自己严格要求，并且毫无私心地考虑事情以磨练自己的人格，这才是你要达到的目标。企业家应该怀有爱心，并以正义为前提，如此不仅能尽到企业对社会的责任，也能使自己的员工们心悦诚服。

企业就好比是一串念珠，串联念珠的绳索就是企业精神，也是为社会创造财富的精神，如果念珠缺乏这条绳索，珠子就会成为一盘散沙。企业的运作中如果缺乏这种精神，就不能带给企业长久发展的生命力。企业的责任既然是生产产品，那么就必须造出最优秀的产品，满足社会的需要，消除国家和人民的贫困，使每个人的生活更丰富、更快乐，这才能算是完成了企业的目的与使命。企业以经营谋取利润和为社会创造财富虽然有物质和精神的差别，但对于改善人类生活品质的目标应该是一致的。

同时，企业家为了完成企业的使命，往往要命令很多员工工作，这些人也有权利要求从工作中感受到幸福和快乐。因此，企业家除了担起促使社会繁荣的责任以外，还需要让自己的员工得到工作的乐趣。如果没有这种觉悟，只凭着手中的职权去命令员工，那么必将人心尽失。

企业家优待员工，并不是毫无原则的。一旦你发现谁有不正当举动时，那么你必须予以严厉纠正。如果只是因为讲私情而秘而不宣，这不但误解了宽厚待人的真谛，反而会因此害了你的员工，这就是没有原则的优待方式。因此，你需要做到在不违背基本的正义原则下，尽量给员工以宽容和友善，这才算真正地领悟了宽厚待人的意义。懂得宽厚待人的管理者通常都会得到部属的全力拥戴。因为在了解上司的心意后，即便是因为错误而遭受惩罚的部属也会心甘情愿，并在惩罚中学习到为人处世的正确方式。所以，要想成为受部属尊重的企业家，这是不可缺少的重要条件。

我真切地希望你能成为一个拥有谦虚态度和宽厚品质的出色企业家，我相信你不会让我失望的！

爱你的父亲

约翰·皮尔庞特·摩根

家书延伸

国学大师翟鸿燊在一次讲座中这样说："思考不仅仅是用脑袋，而是用心性来思考。中国传统文化中的这个'心'，不是指心脏，是心智模式、心性……看到这张脸就知道你的内在，这是很关键的。相由心生，改变内在，才能改变面容。一颗阴暗的心托不起一张灿烂的脸。有爱心必有和气；有和气必有愉色；有愉色也必有婉容。"这段话实际上是告诉我们，人外在的一切表现都是由人心所生：快乐、悲伤、烦恼、痛苦的表情皆是内心的反映，它不受外界任何因素的制约。对于同样的事物，人的心态不同，其结果也是不同的。

任何烦恼和快乐都是由我们的内心决定的。如果我们用悲观的心态看待事物，最终得到的也只是烦恼和痛苦；而当我们用乐观的心态看待事物时，就能够得到快乐和满足。

快乐或悲伤完全取决于我们的内心，乐观的情绪无论看到什么都能看到光明的一面，而悲观的心理总是抓着黑暗的那面不放，得到什么，都不会快乐。快乐源自于内心，并非通过外界的金钱财物才能得到；而悲观却是自己所酝酿而成的，如同苦酒一般，自酿自尝，不能怨周围的一切人和事物。

想我们在生活中，我们内心忧虑最大的来源并不是外界的“危险信号”，更多的时候是来源于我们内心的一些想法。比如：我们总是会担心失业，担心身体的一些疾病，担心意外的事件，等等。我们的内心似乎在潜在地灌输给我们一个想法：“我们生活必须是循序渐进按照我们的内心想象而生活，要平安且不要有太多麻烦和困难，一旦超出了这个范围，我们便无法接受了。”我们要知道，我们这样去烦恼，是不能改变任何事实的。

家书点睛

生命匆匆，只是一个过程而已。快乐是一天，悲伤也是一天，与其在烦恼和痛苦中过，不如快乐、幸福地活。快乐或悲伤皆由我们的内心所生。我们要想获得更多的快乐，就应该早一些摒弃内心的烦恼和痛苦，将内心阴郁的情绪打扫干净，迎接新的快乐和幸福的阳光。

学会做一个优秀的领导者

好领导是怎样炼成的

家书原文

亲爱的小约翰：

恭喜你被同行团体推荐为会长。能从众多优秀的会员中脱颖而出，就你现在的年龄来说，这是一件极为不易的事。这足以表明你出众的才干，对此我由衷地为你感到骄傲。这是一件很荣耀的事，本应该值得高兴的你此刻却表现得忧虑重重。

你还年轻，要领导这样一个杰出的团体，难免会感到局促不安，这很正常。我想告诉你的是，尽管你比前任会长年轻许多，但这并不意味着你不能成为一名优秀的领导者。在我看来，在过去的会长中有些人根本不具备领导者的条件，他们之所以担任领导职位完全是因为业界朋友的捧场。在任期中，他们难免会作出一些对业界发展不利的决定。以你目前在公司的地位，身上担负的责任巨大，对公司里的工作务必认真谨慎。虽然工作不容马虎，但也没必要为自己的年龄而感到不安，更何况你还能够从这一职位中得到别处没有的经验。实际上，越年轻，越能把工作做好。因为，年轻就是力量，年轻就是本钱。你有比别人更丰富的精力以及更坚强的意志，现在大量的工作正是你接受巨大考验的最好时机。有人认为，领导者的领导才能是与生俱来的，这样的情形的确有很多。可是你要记住，通过学习不断积累经验而成为出色领导者的人绝不占少数。只要你肯学习，你就能成为会计师、医生、护士或印第安酋长，只要你想。

一名优秀的领导者，首先要让人们的意见畅达，需要和每个人都保持亲密的关系，让他们联合起来并主动配合自己的工作；一个卓越的领导者还要用卓越的思考力，想出切实可行的办法。挑选可靠而有革新想法的人作为自己的帮手，也是很重要的。

其次，处理问题时要抓住问题的核心。你可以先把遇到的问题全部写出来，并附记所有的背景。在一两天之内，把相关者集中起来，对问题进行深入全面的讨论。经过这次讨论会后，原本对问题的模糊认识就会逐渐清晰起来，随后就可整理出一种战略和想法，再过两三日便可以整理出处理事情的先后顺序了。

接下来，领导者要以果敢的态度，站在同事们的前头。在实施计划时，按照顺序去分配工作，并由公司选出最适合的人来担任合适的职务。制订一个计划，成立一个特别委员会是非常有必要的。如果有哪位领导者疏忽了，那么他将遭受最终的失败。

委员会里最重要的人自然是委员长。委员长这个职位人人都喜欢，可是很多人却不能真正完成使命。无论多么优秀的领导者都有可能犯下错误，但我们不能像避免疾病一样去逃避它。当你意识到自己犯了错误时，你要做的就是立即改正。如果有人以忙碌为借口，而疏忽了自己在团体中担任的工作，那么你就应该明白地告诉他，并且巧妙地辞去他的职务（如果他能自动引咎辞职，当然更好）。你在选择委员时，对方的经验是你值得重视的。如果你幸运地聘请到那些经验丰富的人，并且将他们安置在这个重要的位置上，那么，你的每一项工作都会完成得很顺利。

同时，在遇到逆境时，他们也会用他们的经验对你加以引导。我希望你说出的话，都经过了深思熟虑（话不要说得太多），该做的事情，一定切实执行。如此你不但不会输给别人，而且还会树立新的典范。我以做父亲的偏爱，认为你一定会成为一名优秀的领导者。

将来遇到的难题肯定会是多重的，你可能会想这些问题可以叫查理去做，或者让乔治做，我劝你千万不要存有这种想法，必须经过大家一起商议后再去寻找妥善解决问题的办法。你还必须划清每个人的责任范围，不管遇到任何困难都要果敢决绝，绝不可姑息推诿，将事情推到特别委员会的委员长身上。前面我已经说过，遇到问题必须先抓住问题的核心，从多个方面对问题进行充分了解，而且不管哪一件事情的决定，都要由你最后进行裁决（或经由你同意）。有时你必须作出违背他人意见的决定，但是如果你想做一位负责任的领导者的话，那么这种尴尬的场面就无可避免。

不是我不够乐观，今后你一定会遭遇难以想象的惨败。但是失败并不可怕，因为在失败中可以快速地累积宝贵的经验，这在成功的过程中是无法体验到的。也许你会认为在众目之下，失败是一件非常可耻的事，从而想下台恢复到没有责任的岗位。一个领导者的成功与失败，往往取决于这一点——遇到困难是否有坚持下去的勇气。遭遇失败时，你首先要分析失败的原因，对事实加以说明。其次勇敢地担负起责任，绝不能藏头露尾，更不可让自己消沉下去（向别人要求同情不是一个领导者应该做的事）。面对失败，鼓足干劲，认真采取弥补措施，这才是一个合格而且优秀的领导者。

你如果希望别人将你视为领导者，就一定要让你的团队按照你的意志行动。但是你要切记，领导者想要领导别人行动，自己先要做出表率，一旦你停止行动，手下的人也会跟着停下来。领导者本身的行为，决定着全体员工能力的发挥。

任何问题都具有两面性，所以必须用双耳去倾听。我们大部分的人都不能完全掌握每个问题的所有角度，但是如果把耳朵或思想堵塞起来，那么对问题的看法就只有一个先入为主的观念，这种人注定不可能成为优秀的领导者。作为会长，对每一个提案都要予以认真公平的处理。这就要求你必须把握全部的事实，在全盘了解之后，你才能果断从容地处理好它。领导者对各项会议应该要保持耐心，而且在会议上做到细心发问，这样你自然就能作出非常妥当的决策。遇到困难时你要鼓起勇气，全力以赴，当成功得到决定时，你就会有一种成就感。如果情况发生突变，你也要坚决果敢地改变原来的决定以应对变化。这就是优秀领导者的特质。

当了会长之后，你原来大部分的自由时间将被用来工作。这不可避免地会对你的家人产生影响，我建议你不妨带你的太太出去吃顿晚餐，然后对她说明情况。的确，来自朋友的称赞会让人感到骄傲，但最让人觉得自豪的，莫过于勇敢向困难发起挑战并凭着毅力将其制服后所得到的成就感。

是否能成功扮演会长这一角色，可以从一件事上体现出来，那就是在你任期结束之后，你的继任者是不是将你制订和正在实施的计划继续进行下去。另外，如果同事们极力夸奖你的努力表现，你这时要谦虚地对他们的夸奖表示感谢。人真正的性格，往往能在别人的赞美中体现出来。

现在，你把大部分的时间都花在公司里，而且还要分身在没有报酬的工作中。在你卸任会长的那一天，我敢说回到董事长职位的你即便是薪水提升了20%，你终究还是会感到有一些失落，多多少少吧！因为，你所学到的经验、获取与处理信息的能力、人际关系以及对行业的整体认识，这些都是你担任会长工作时所得到的报酬，这些人生财富具有薪水无法替代的价值。作为优秀会长所带来的成就感也是董事长的职位所无法提供的。

爱你的父亲

约翰·皮尔庞特·摩根

家书延伸

大多数人去给别人打工做事时，没有较高的价值取向，他们只为高薪工作，为老板工作，那么，这样的人往往在工作中抱有消极的思想，他们所有的心思都放在了怎样长时间在公司待下去，做事就图个让上司看顺眼就行，这就是他们的最终追求。如果他们觉得自己所得报酬和付出不成正比时，他们就会在工作时采取消极的态度，因为他们总觉得自己吃亏了，于是怨天尤人，而这一切就会阻碍他人生的发展，所以，因为思想的贫穷，导致最终将一无所获。

成功者也有打工的经历，但是他们懂得，环境是一个人成功的关键。因此，他们会在工作中投入所有的精力，他们视每一次工作机会为实现自我价值的舞台。他们不是为老板工作，而是为自己工作，不是为薪金而工作，而是为价值而工作。工作是普通人谋生的手段，对于一些杰出人物，却是事业的起点。

这样的人不是单纯地为了钱而工作。他会把每一个工作机会当成一次历练自我的平台。他会认真了解业内的每一个程序和规则。世上无难事，只怕有心人。有心和用心这是一个成功的管理者必备的品质。他不仅仅把钱看作财富，更把赚钱的办法看作财富。

我们应该学会在每一次工作中学到东西，以此来得到自我价值的实现。你在工作得到的锻炼有很多，比如行政能力、决策能力、社交能力等等。而工资的价值是无法和这些东西相比的。当你从一个新人蜕变成为一个高效率的员工时，你的实际收获才是最大的。

俞敏洪在新东方创办之前也在为别人打工，在边上冷眼旁观的过程中，俞敏洪发现，大量的培训学校对学生的态度、管理和理念上有严重缺陷。于是就想，如果我来办学校的话，会如何对待学生？这里面不仅仅存在师资一个问题，还有如何满足学生要求的问题。

观察、积累到一定时候，1993 年俞敏洪开始进行实际操作，验证自己有没有把一个学校办起来的能力。一直奋斗到 1995 年底，学校获得了巨大成功，在大学生和想出国的人这个圈子里，新东方的大名无人不晓。

当然，打工——学习——创业这条路并不是谁都适合的，但如果你具有积极主动的精神，在工作时能充满热情，这样的员工是最受老板欣赏的。无论你的终极目标是什么，想要证明自己，就先要用工作业绩说话。天上不可能掉馅饼下来，调整好自己的心态，用百分之百的热忱去拥抱每一次工作的机会。

家书点睛

在工作中，虽然有些收入是看不到、摸不着的，但是这些收入会让你从容面对今后的工作。这种无形的收入就是工作经验，它会让你确立在工作中的优势地位。这些无形的收入是你永远的财富，是别人是抢不走的。

激励员工，用你的气魄感染四周

家书原文

亲爱的小约翰：

用有效的方法去激励员工的工作热情，是作为企业家必须掌握的基本管理手段，也是你生活中的重要组成部分。你在整个一生中都扮演着双重角色，你不仅是你自己，同时还是你眼中的他人。在你激励自己和别人时，别人也在给你同样的激励。

激励就是鼓舞人们作出抉择并开始行动。它能给自己和别人提供成功的动力，是我们的“内在动力”，比如积极、热情、习惯、态度、愿望、信任等，它们能激励你积极行动起来。激励自己和别人的重要方法就是“暗示”，它是成功激励自己和别人积极进取的秘诀所在，这是人类的一项巨大的发现。假如你愿意不计任何代价，用积极的态度去争取一切机会，那么你最终能成为你自己想要成为的人。无论你过去的经历如何、才智几许或者环境怎样，最终的结果一定会是这样的，因为这种因果关系是真实存在的。

以一种什么样的方式去生活，你有绝对自由的选择权利。但是你要记住，如果想要取得伟大的成就，那你就有必要去研究学会如何激励自己与别人。我想你应该从学会如何激励自己开始，这一点确实是有必要的，因为当你知道什么方法能激励自己的时候，你也可以用它来激励别人。

有一种简单有效的方法能够帮助你达到这种激励目的，那就是暗示。倘若一位销售员的性格过于胆怯羞涩，但是他的工作又要求他大胆主动。激励这类员工，你要这样做：找到这位销售员，消除他的顾虑，让他明白胆怯和羞涩是自然现象，告诉他别人克服胆怯羞涩的方法，接着给他一些建议：经常对自己说几句类似“我能行！我能行！”这样鼓励性的话。倘若他处在需要立即采取行动的特殊环境中而又感到胆怯时，他更需要这样做。在这种情况下，你必须让他在自己的“立即行动”的暗示下，立即行动起来。

另外，当你发现你的销售员存在欺骗行为，你应当找到他进行一次谈话。如果在谈话中，这位销售员表达了积极悔改的意愿，那么你应该给他一次机会。首先，你告诉他别人是怎样克服这种毛病的，并介绍一些励志方面的书籍给他；其次，你要让他在销售中反复地给自己暗示：“要诚实！要诚实！”我相信你应该能轻松理解我说的这个方法，这会给你在管理公司方面提供有效的帮助。

当然，给予下属充分的信任，也是激励他们积极工作的有效方法之一。如果你对你认为优秀的员工抱有信心并表达信任，那么他将会迸发出极大的工作热情，最终的结果也将会是令人满意的。但是你要正确地理解什么是真正的信任，真正的信任是积极的，而不是消极的。消极的信任没有力量，就像毫无视力的眼睛无法观察事物一样。你必须运用积极的信任，必须将你的信任明白无误地传达给你所信任的人：“我知道你可以完全胜任这个工作，因此我对别人作出了保证你出色完成的承诺。我们都在这儿期待你的成功。”

就像我常常给你写信一样，信也可以表达信任和鼓励，你也可以用一封信去表达你对别人的信任。我相信，信件是表达个人思想和激励别人热情的有效工具。所以，我希望你能多写信，不只给我或其他亲人，还包括我们的员工。我们公司的员工遍布全国各地，甚至世界上其他很多地方也有我们员工的身影，你不可能经常到每一个分公司、每一个部门去和他们交谈，所以，写信是很有必要的。

任何人写信提出建议，都会对收信人的意识产生影响。当然，这种建议的力量取决于几种因素。当你多年后成为父亲、而我的孙子或孙女远在外地求学时，你就会发现，信件所能收到的效用远非其他方法能够比拟。因为，在信中你能够做到：第一，塑造孩子的性格；第二，讨论一些问题，这些问题在面对面的谈话中也许难以启齿，或者即便涉及，也不会花费时间去讨论；第三，表达你内心的思想。现在的孩子也许不大喜欢接受别人口头上提出的劝告，因为当时的环境以及情绪不利于他们这样做。但是，对于在书写端正、语调亲切的书信中所提出的劝告，也许他们会是另外一种态度。如果你的信措词得当，它就很可能会成为孩子们经常阅读、研究并加以消化的东西。

现在你在公司已经可以独当一面，作为公司的决策者之一，你给员工或者部门管理者写封用词得当、符合身份的信，就能激励他们打破以前的销售记录。同理，一位销售员一旦写信给他的经理，他也会从这种激励的方式中受益匪浅。你常常和我通信，你肯定会有体会：一个人要写信，就不得不进行思考，让自己的思想真切地反映到纸上。在指导员工或对某件事情作出答复时，你不妨以写信的方式提出问题。

世间的父母总希望自己的孩子成为人中龙凤。拿小时候的托马斯来说，当这个孩子感觉到自己完全沉浸在温暖而可靠的信任中时，他就会干得很卓越。他不会绞尽脑汁地去思考如何避免遭受失败的伤害，而是全力以赴地探索成功的可能性，他做得积极而又轻快。这就是信任对他的巨大影响，使他把自己内在的最美好的东西发挥得酣畅淋漓，这种信任就包含了一种无形的激励。是托马斯的母亲造就了托马斯，她深厚的爱和不可动摇的信心激励着托马斯，使之努力成为她相信能够成为的那种孩子，这就是激励的作用。所以，在激励员工时，你不妨考虑借用这种完全信任的方式。

我还想补充说明一点，如果设置合理的职位、确定适当的人选、授予必要的权限是调动积极性的前提条件，那么激励下属则是调动积极性的具体手段。激励的方式复杂多样，出色的领导者应当做到因人而异、因地制宜。现在有必要说明两点。

一般认为，高层次的需求以低层次需求为基础。低层次需求满足以后，它便不再成为激励的方式。在众多需求中又以最主要的需求为最有效的激励因素。人的各种需求同时存在，缺一不可。而且各种需求往往会形成一个有机的整体，很难将其归于某一层次。在生活条件普遍提高的情况下，人们考虑更多的是精神方面的满足，这种想法是不切实际的。我和你讨论激励问题，目的是想要你养成坚强的个性和积极的态度，让你找到一种力量驱使你向前，从而让自己获得更大的成功。如果你知道某些方法可以激励你自己，那么你也就能发现激励员工的方法。同理，为了激励自己，你要努力了解激励别人的方法；为了激励别人，你又要努力了解激励自己的方法。

孩子，之所以要对你说那么多，不只是希望你能成功接手我们家族的事业，我更希望你能成长、强大起来。为了获得成功，你要努力去寻找让自己强大起来的东西，比如智慧、品质、幸福、健康这些甚至比我们家族财富更珍贵的东西。

爱你的父亲

约翰·皮尔庞特·摩根

家书延伸

如今的社会人们总是彰显自己的个性，单纯依靠制度来实现管理的刚性管理方式，已经不能适应当代企业的需要。很多企业的运行已经不仅仅是程序化的生产活动，而是需要发挥人的创意和潜能的创造性活动。所以，管理者有必要在制度中融入柔性的管理方式。

柔性管理的作用日益突出。"柔性管理"是相对于"刚性管理"提出来的。"刚性管理"以"规章制度为中心"，凭借制度约束、纪律监督、奖惩规则等手段对企业员工进行管理；而"柔性管理"则是"以人为中心"，依据企业的共同价值观和文化、精神氛围进行的人格化管理，它是在研究人的心理和行为规律的基础上，采用非强制性的方式，在员工心目中产生一种潜在的说服力，从而把组织意志变为个人的自觉行动。

人都希望被理解、被尊重。作为管理者，仅仅依靠一些物质手段激励员工而不着眼于员工的感情生活，是不够的，与员工进行思想沟通与情感交流是非常必要的。斯特松公司能够走出困境，关键在于对员工实施柔性管理，顺应人性、尊重人格、理解人心，充分调动员工的积极性，增强公司的凝聚力，柔性管理显然比刚性管理更具效力。柔性管理的主要特征有：

——以对人的管理为核心。如：以人为本，注重感情投资，塑造企业文化，实行民主管理，重视人才培训、人才资源开发等。

——追求全方位优质。如：全面的质量管理、全系统的产品开发、全方位的优质服务等。

——强调组织的柔性化。如：由集权向分权过渡、金字塔形向大森林形组织过渡、组织机构的弹性权变设置等。

——体现战略决策柔性化。如：增强战略的灵活性、实行弹性预算、推行滚动计划等。

——注重营销组合来吸引消费者，刺激购买，实现销售。

——组织生产的柔性化。如：制造业采用柔性生产线来组织灵活生产，突出多品种、小批量、适应市场变化的产品。

——利用高新技术进行管理。如：运用管理信息系统、办公室自动化等技术使管理具有更灵敏、快速的特点。

——重视视觉标识管理。如：颜色管理、企业标识设计等。在企业管理中大量运用心理学的原理和方法，重视管理心理学的应用。

由此可见，“柔性管理”的最大特点，在于它主要不是依靠外力，如：规章制度、上级的发号施令，而是依靠人性解放、权利平等、每个人的主人翁责任感，来激发员工的主动性和潜能，使其不遗余力地为企业创造优良业绩。

家书点睛

柔性管理带给企业的好处，不是仅凭规章制度就能实现的。柔性管理呼唤情感的支持，柔性管理的实施需要情感领导。作为企业的管理者，必须重视注重发掘情感潜能，并运用情感能力影响他人。

知人善任，管理才会高效

家书原文

亲爱的小约翰：

如果说管理是一门艺术的话，那么管理人便是这门艺术中最为复杂的部分，同时也是企业管理者能够充分施展才干的领域。简单来说，管理艺术的要旨就是理顺复杂的人事关系。企业的发展需要依靠集体的力量，然而合理调配人员以及调动员工的积极性是一件非常复杂的工作。

知人善任是你掌握管理艺术的重要前提，也是必经之路。在企业中，对人才的培养和使用方面，其道德品质应当是你重要的考查因素。一旦人事任用有失妥当，那么公司的经营状况就将受到影响。特别是像我们这样的大企业，对于每个人的调度和任用都要慎重考虑，绝不能仅凭自己的喜恶来决定人员的去留。任何因为感情用事而导致调度失当的行为，都会给公司造成不可预期的损失。

对员工特别是领导层，你必须做到有所了解。因为对人的选择和任用，都需根据其自身特点作为判断标准，如此才能做到让合适的人出现在合适的岗位上。知人善任，认真考察各层领导者并确切加以了解，务必把他们都安排在适当的岗位上，让他们充分发挥自己的才干，为公司尽可能地创造价值。这是企业经营者的根本任务之一。

企业好比一部机器，有了先进的设计、合理的结构和科学易行的操作流程，但若没有高素质的操作人员，则一切都是枉然。通常来说，战略方针确定后，各层领导者就成了决定因素。对重要骨干的调度是否得当，决定了企业的经营状况。所以你有必要花40%甚至更多的时间在选才用才的各种工作上。

我们的一个竞争对手，为了选任一名车间主任，工厂的领导者先后同20多名刚从大学毕业的候选人进行谈话。他们对这些候选者反复考察和比较，作出决定后又将选定的人员分配去科技或销售等一线部门试用，以作进一步的观察。在所有过程中表现均为合格者，最后才予以聘用。可见他们对于考察和聘用人才的重视程度，这是值得你学习和借鉴的地方。

在我们的企业里，就具体某个人来看，德才的发展可能会出现不平衡。有些人德行比较好，才能差些；有些人虽然有才干，但德行却稍逊一筹。两者相比，我想我们应当更加注重一个人的德行。一个人的品质不好，不容易培养和改变，但才能却可以逐步提升。很多工作并不是高难度的技术活，一般人只要发挥自己的工作热情，谁都有机会取得好成绩，但品德差的人却不然，有时候还会造成破坏。正直的品德，其本身并不一定足以成事，但在品德方面存在缺陷的话，那就足以败事。因此我认为，选人应以德为首，这是基本要求。

一个企业家，要从总体上去识别人才，万不可被流言蜚语所蒙蔽。否则，许多拥有真才实学和远大志向的人会遭到埋没，而作为领导者的你也将被讥笑为平庸。在你给一个职位挑选人才之前，你应当对该职位的性质、责任、权限等因素认真加以分析，然后考虑候选人员所具备的素质是否符合该职位。只有你在得到肯定答案后，方能予以任命。假如不把人才放到合适的地方，不仅会给公司造成损失，对别人的才华也是一种极大的浪费。

每个人都有其特定的才能，在综合、技术、管理、财务、交际等不同领域都各有所长。你的任务就是要让每个人具有的特定类型的才能与他的工作性质相适应，授以最能让他们发挥自己优势的职位。用人所长，管理效率必然得以提高。

谁都有自信心和自尊心，也都有做出一番成就的美好愿望。在对员工委任职位的同时，你大可委以充分的信任。你应当授予充分的职权，让他们能够在职权范围内自由独立地处理事务，而不要过分牵制。你只需从宏观上对他们的工作做一些领导和检查，至于“事必躬亲”则大可不必。无数事实证明，这是一项用人要诀和领导艺术。

信任和尊重能给以人巨大的精神鼓舞，激发其进取心和责任感。而且只有上级信任下级，下级才会信任上级，并产生一种向心力，使领导者和被领导者和谐一致地工作。给予信任的一个好方法就是充分授权，让他们在自己的职权范围内自主决断。如果你要越俎代庖的话，那么对方便会觉得自己形同虚设，对他们的士气和积极性是一个极大的打击，这对公司创造性的发挥是极为不利的。

你必须要有这样一条准则：不论采取什么样的管理手段，都必须以调动人的积极性为目的。当职位设置合理（即员工的特定才能与职务的性质相称），而且员工被予以充分的授权，才能产生强大的积极性。你只有完全授以相关的权利，才有可能去期望他们用自己最大的热情把事情做好。如果在多方面，你总是予以掣肘，那么他们就会逐渐失去积极性，也就无法发挥自己的才智。从某种意义上讲，充分授权是调动积极性的最有效方式之一。当然，授权并不像人们习惯中想象的那样，一旦交出权柄就会出现尾大不掉的情况。但是只要没有出现这种状况，你就应该尽力支持他们的工作，肯定他们提出的设想和计划，而不是经常去关照他“这件事应该如何去做”。要知道，很可能他的想法要比你高明，这样说丝毫没有贬低你的意思，因为他是你发现并予以重用的。

必胜的信念是任何事业成功的保障。优秀的管理者必须要让他的属下相信，他们能够完全胜任自己所从事的工作，而且毫无疑问。这一点是非常重要的，因为并不是所有的下属都具有这种非常宝贵的自信心。成功的管理者总是千方百计地让他的下属相信，以他们的才能，出色地完成任务是绰绰有余的。

要充分调动属下的积极性和创造性，除了要充分授权，让属下在职权范围内自主决断，还要设身处地地为属下着想。人都不免会犯错，得到你充分信任的员工在出现失误后，一定会认为辜负了你的信任而心存愧疚。这时候，作为领导的你就要勇于承担他们在工作中出现的失误，和他们一起寻求弥补措施。绝不能有功就是你的，有过就是属下的。你还需要做到赏罚分明，只有这样才能令行禁止。

另外，要求一个下属做好一件工作，必须给他一个实实在在的目标。当然，这个目标必须是切实可行的，如果属下一听到这个目标任务就摇头摆手、对自己是否具有完成任务的能力感到怀疑，这样哪里还谈得上积极性。但也绝对不能排除一切具有困难的宏伟目标，因为具有一定挑战性的目标拥有强烈的吸引力，可以激发其极大的热情和战胜困难的斗志。

不论是哪一类目标：具体的、笼统的、现实的、还是宏伟的，首先都必须是明确的。笼统并不是含含糊糊，宏伟的也须明明白白。含混不清的目标会使下属在关键时刻无所适从，这样的管理是必定要失败的。

爱你的父亲

约翰·皮尔庞特·摩根

家书延伸

作为领导者，会不会用人是领导水平的关键。知人善任的领导，不必太过操劳也可成就一番大事业，而不会用人的领导，则往往把自己搞得焦头烂额，却还得不到下属的忠心。

广揽人才，知人善任，使自己的企业拥有人才，成为智慧和才能的高聚集区，产品的开发力度就会不断增强，市场竞争力和经济效益就会不断提高，企业的发展就会一日千里。人才在市场竞争中是至关重要的，谁拥有了更多的人才，谁就具有了更大的优势。

日本电通公司董事长吉田秀雄曾说：“任何企业要想有一番作为，首先必须注意的就是使用人才。假使人才使用得当，企业就能正常运作，获利率就会提高。”他是这样说的，也是这样做的。不管何时何地，他都把广揽人才作为一项十分重要的工作来做，即使那些人才身上带有一些弱点、拥有一些不可理喻的特殊癖好，只要他们确实具有真才实干，他都毫不在意地把他们一个一个招揽到自己手下。

家书点睛

广揽人才是相当重要的，但知人善任更加重要。要挑选合适的人才，让他们去担负与他们才能相符的工作，他们的才能就会得到最大限度的发挥。正所谓用对了地方就是人才，用错了地方就是蠢材。

解雇员工也是个技术活儿

家书原文

亲爱的小约翰：

解雇一个员工是一种无奈的选择，特别是解雇我们公司的总务部长，我知道此事对你来说是非常烦恼的，因为，你认为这项任务的执行，将会使他人感到绝望、痛苦。这种恻隐之心是一种好现象，同时表明你有一颗仁厚、体贴别人的心。我非常喜欢你这个优点。

但是，请你不要忘记，公司的成功是每个职员共同努力的结果，这是不争的事实。倘若公司有一个职员不能胜任他的职务，对整个公司的运营来说，固然不至于产生特别严重的后果。然而对一些能胜任且对公司有所贡献的职员来讲，则是一件很不公平的事。况且，对于那些不能胜任公司工作的职员来讲，面对工作或其他的环境压力，他个人也会产生一些不愉快的情绪。因为每天 8 小时他都要在这种不愉快的氛围中度过，直到走出公司门口，但是，他也绝不可能一下子就把心中的这些苦闷全都抛到九霄云外，忘得干干净净。

我认为繁忙的事务，也会令他们感到工作困难。确实，对某些高级管理职员的职务而言，高薪与地位虽然人人喜爱，可是从某个角度来看，一旦他们处理工作的能力降低，生活也将随之陷入痛苦的挣扎之中，甚至引起混乱，我们会因此而渐渐地对他失去信心。

值得特别注意的是，在公司中，有些职员的能力远胜过他的职位，他工作起来感觉很无聊，就好像一位船员将船驶进无风地带中，轻松地过去。他会说，这种工作虽然很好、很轻松，但没有一点激情。这种员工对于我们公司，也是一种不好的影响，因为他感觉每天的工作都非常乏味、无趣，因此，他迟早也会离开我们的公司。

上述几种解雇职员的情况较为典型，但是还有另一种情形，就是有些职员和周围的同事不能和谐地相处。对公司来说，他们很能热心地参与工作，但在同事之间，他就不能相处得很好，这种员工我也见过不少。他们可能会影响到其他职员，使他们对自己的职务丧失信心，觉得自己就像是挂在墙壁上的文字一样，让人看得清清楚楚，从而心生自卑。如果是这样的话，就得在我们所器重的职员辞职之前，先解雇这种会引起纷争的职员。

现在，还是让我们回到主题上来。在我看来，你所要解雇的那位总务部长，无论委任为部下或上司，都是不妥当的。他的工作能力虽然很强，但他的性情和态度，会给人不好的感觉，他经常公开我们公司的工作内容，对我而言，自尊心受到打击是不允许的，这也许是他自己不负责任的一种表现！对于这种情形，公司也常认为这是一个棘手问题而难以解决，所以，一拖再拖，就到现在，你可以找个合理的借口解雇那位总务部长。但我却认为这是一种得过且过的心理，要解雇一位职员，虽不是一件好事，但如果你认为这件事合理，却因为不好意思而不敢及时执行，那么就算时间拖得再久，也无法使这个任务变得容易执行！

作为公司的领导，解雇不适合的员工是一件非常正常的事情，老实说，在这以前，我也曾解雇过很多职员，我想你以后也会这样，也许会解雇更多的员工。当你解雇职员时，特别是与职员谈过话后，可能会产生一种犹豫的心理，这都是很自然的。你也许会扪心自问，这样做是不是正确，但是，如果再经过一两个月冷静的思考后，你会发现，自己的处理是对的，而且会认为自己当初应该及早地执行。

解雇公司的员工确实是一件烦心的事情，在你想解雇职员以前，你也应该对事情深思熟虑：在我们公司里那个员工无法发挥他的潜力，可能是我们给他安排的职务不适合他，以至于引起他对工作的厌烦（这是我们的错，而非他的错）；或许是因为这位职员的性情，在我们公司里会成为问题，但在别家公司，却反而变成一种优点；那个职员的能力是否在别处能够愉快地胜任工作。无论在何种情形下，都不要让员工产生太多的挫折感和失落感，尽量让员工不会感觉到自己被解雇是那么痛苦，更重要的是能够顺利地转换工作。这一点非常重要，因为你不需要为自己制造一个敌人，更何况过去曾经是同事，你的确应该这样做。

员工当然一定会问："为什么要解雇我？"碰到这样的问题时，我们的说法千万不可以太过夸张，但也不必因为想掩饰而撒谎，撒谎只会使员工感觉你很卑鄙。此时，你更应该把自己下定决心的理由，以及他的离职将会受惠于他自己和其他职员的情形，用最简单的词句一一说明，譬如："很遗憾，这是有关你性格上的问题。""很遗憾，你的技术不大适合我们的工作。"（针对能力太过或能力不足的情形而言）或"解雇你是件很遗憾的事，但你到其他公司工作可能更适合你。"解雇员工非常讲究技巧，如果在上述这种情形下，你应迅速将话题转移到被解雇员工换工作的事情上，给被解雇后的员工一些力所能及的帮助，这样更能够得到被解雇员工的理解。

比如，不要吝啬替将要离开的职员写推荐函（虽然说向来很少有人会这么做）。其实，被解雇的人感到最不安的问题，就是被解雇的员工自己是否能顺利地转换工作，而我们的"推荐函"对他转换工作将会有很大的帮助。因此，现在很多公司在任用职员前，都会先了解他在以前公司里工作的情况。总而言之，在处理解雇员工的问题时，你必须在员工离开你的公司之前，就先让他消除转换工作的不安心理。你要让他知道，找工作只是时间上的问题而已。

其实，上述的处理办法尽管能消除他在找工作时的心理障碍，但是，在新的工作尚未确定以前，金钱也是令他烦恼的一个原因。在这个问题上你必须处理好，你可以依据我们的有关遣散费的处理原则，我们的处理原则是在他尚未找到工作以前，根据他在公司工作的时间长短，每个月给予一部分薪资。而且，我个人认为，每个公司都有义务如此保障他的属下，尤其是那些服务年资较长的员工。

在解雇员工时，遣散费这个问题不能忽视。当我们要解雇职员时，如果他对于公司所给他的遣散费有所不满，往往就会招惹一些麻烦，即使你认为此人并不值得你付出那么高的遣散费，我们都应多付一两个月的薪水。这样我们就能避免双方对簿公堂，更重要的是，还能避免他因恼羞成怒而采取的复仇举动。可以理解的是那些被解雇的职员，他们对公司一定有相当程度的不满、失望，甚至动摇他们的自信心，因此，你必须尽可能地将这些抑制到最低程度，这是你的义务。不管情况如何困难、麻烦，只要你能挺起胸膛、努力地去做，这些问题就会迎刃而解。

在挑选人才的问题上，你应该慎重考虑，当你在任用新员工以前，应仔细挑选，虽然这并不能完全避免遇到解雇事件，但是，这样才能减少发生不愉快的解雇事件，因为公司就像一个小型社会，每天都有无数的人出入。所以，这种解雇事件，将来也会不可避免地陆续发生。

确实，经营一个公司，愉快与困难并存，这二者与你事业的发展有很密切的关系。因此，当你面对困难时，你不能一味地回避工作中的困难，你必须欣然地接受不愉快的工作。对于困难的工作，你更应该用积极的心态去从事，这样才能更好地胜任公司交给你的工作。

爱你的父亲

约翰·皮尔庞特·摩根

家书延伸

如果在一桶污水里倒进一匙酒，你得到的是一桶污水；而如果在一桶酒里倒进一匙污水，你同样得到的是一桶污水。显而易见，在这个桶里，物质的品质跟污水和酒的比例没有关系，真正起决定作用的是那一匙污水，只要它存在，酒再多也成了污水。这在国外叫“酒和污水定律”，在国内也称之为“一颗老鼠屎坏了一锅粥”。

酒与污水定律告诉领导者，应该果断处理组织里的破坏者，任何组织在任何时间里都可能存在一些不称职的员工，这些员工也许人数不多，但是如果不及时进行清理，那么这些人轻则会导致组织资源浪费，重则将挫伤组织士气，动摇组织本身。

由一群人集合的组织，组织的整体效率取决于内部所有成员的行为。如果其中一个组员像那两个宠姬一样总是把事情弄糟，或者有意破坏组织的内部和谐，那么这个成员就是组织里的一匙污水。他们成事不足败事有余，有着惊人的破坏力，如果领导者不及时把他们剔除，他们会很快使集体分化，让成员相互猜忌，一个组织会因此变得不团结、效率低下，甚至解散。

污水终究不能成为酒，及时处置那些即将或者已经变质的物品，对极坏的东西不要抱任何幻想，也绝对不能姑息迁就。当然作为组织的领导者要注意的是罪恶可以打击，罪人可以宽恕，当发现团队里有“害群之马”时，我们应该以坚决的态度制止某人的恶劣行为，而非针对的是某个人。人与事都是紧密相连的，我们制止了他的行为，然后再对他进行灵魂改造，当然，如果这个人屡教不改，我们就应该考虑及时剔除他。

家书点睛

在企业中，“污水”在所难免，而污水又总会给企业带来或多或少的矛盾与冲突，因此，领导者一定要掌握酒与污水的冲突与协调的方法。在一个组织里，酒与污水还存在着相互博弈的过程。一个精明的领导者会在组织中发现人才、善用人才，从而在人才大战中获得先机；会有效运用酒和污水定律，使组织成为一个高效团队。在现代企业管理中，领导者的一项带有根本性的任务，就是对团体中的人才加以指引和筛选，剔除具有破坏力的“污水”，使合格者的力量指向同一目标。

管理没有那么简单

家书原文

亲爱的小约翰：

你决定将公司的设备更新现代化并为此忙碌奔波，对此我欣慰至极。在这其中，我已经看到了你的态度。你已经明白行动是证明一切的最好理由，并在实施计划之前做到谋事在胸，同时我还看到，你已经可以灵活运用曾经你在学校所学到的知识以及这些年来在社会上累积的经验。这些让我欣慰的进步，在这个决策的制定以及实施中显露无遗。这些能力可以帮助你在以后的工作中一展身手，跻身成功之列。

成功或者失败都不足为奇，但无论结局是什么你都必须勇敢面对，从中汲取经验和教训。毫无疑问，谁想要成为一个伟大人物，他就必须具备勇于承认失败的特质。让人尤其感到遗憾的是，你至今尚未具备这种特质。我知道你一定不服气，想必你会反驳我："当我失败时，我一定会承认！"我也希望如此。但愿我能在我有生之年看到你的这种表现，如果真能如我所愿，那也就不枉费我对你的一片苦心了。

效率和利润关乎公司的生存和发展。在把这个问题告诉你之前，你确实已经浪费了许多宝贵的时间，也许是几天，也许是几个礼拜（而且还浪费了许多钱）。对时间的浪费，其中巨大的损失不可想象。针对这种问题，我们必须采取相应的措施。我想，提高公司效率和利润，除了依赖大家的团队精神之外别无选择。虽然这些都是老生常谈，但是这对于公司的发展是绝对有必要的。

在处理效率管理这个问题上，一个好的对策对公司的发展是有巨大作用的。比如，采用何种设备可以节省大量人力，在确定这个问题后你还要考虑，我们是不是有足够的资金购买这些设备。如果你得到的答案是否定的，那么你必须以会计师的身份，用你在经营中学得的技巧去说服银行同意贷款给我们。之后，你要做的就是好好规划这笔资金。

社会不断向前发展，在不远的将来，员工的工资会随着产品价格的提升而增加的，这是可以预见的。如果你使用现代化的设备，那么这些也就不再是难题，因此你有必要为此付出一笔固定的费用。但是，这样做是要有前提的，那就是我们的生意能够持续下去。在追求效益和利润的时代，一味地追求技术上的改良，势必会造成企业财务上的紧张，这会给企业带来极大的风险。如果遭遇经济萧条或者企业经营出现困境，那么我们就会被逼进失败的死角（关于这点，我已经向你提出了三百二十六次的警告，而且在今后的日子，我还会不厌其烦地继续提醒你一千次，直到你完全赞同为止）。

毫无疑问，完成任何事情都会遇到困难。经营一个企业更是如此，根本不可能一蹴而就。在你走上管理岗位之初，在进行决策和日常事务管理上遇到棘手问题是再正常不过的了，因为你对你的工作缺乏经验。尽管你有时犹豫不决，但是在潜意识中，你对于什么部门应该购买或者不必购买什么样的设备这一问题还是有明确的想法的，因为这些都是想当然的。或许，你还可以考虑一下解决问题的最佳途径——团队合作。

成本核算在效率管理中起着举足轻重的作用，很多公司的破产都与成本管理不善有着很大的关系，也常常容易被公司领导忽视。因而需要提醒你，在管理那些需要大量人力的部门时，你可以求助负责成本核算的员工，让他们把设备半自动化所需的成本与生产线成本做一个比较，然后得出一个合理的解决方案，这样有助于更好地管理公司。在这方面，如果你还存在其他疑问，那么你应该和厂长坐下来好好商量。在厂长那里，你可以得知哪个部门实行自动化效果最好，哪种程度的生产量最具效率。其实，你最好是找那些直接负责人，因为他们比厂长了解得更深入，所以他们能够提供给你更详细而值得参考的信息。另外，质管部门的意见也会对你大有裨益。当你分析过各方面的资料后，弄清楚每一个步骤，对事情做到了然于胸。如果还存在疑问的话，那么你可以到基层去走走，听听比任何人都了解机械的技工们的意见。哪种机械优良以及什么公司制造优良机械，在这些方面，他们会给你提供非常宝贵的意见。

关于效率化管理的建议并不是固定的，更不是放之四海而皆准的金科玉律。所谓的效率化管理，就是最大限度地激发员工们的头脑，激发他们用智慧和经验为公司的发展提供有效的帮助。其实，这也就是团队精神的作用。为了提高效率，让员工参与管理环节也不失为一种明智的做法。被别人要求提出意见，在这世界上没有比这更让人值得骄傲的了，所以员工也一定乐意参与。尤其是当他知道自己的意见得到尊重时，那么其激发出的热情更是异常高涨。员工是构成公司的重要支柱，在任何时候都不能对他们有半点疏忽，要随时找机会向他们表达你的诚意和敬意。

先进的管理方式不是死板的教条，只有合理地加以利用才能发挥它的价值。想要收集对公司发展有建设意义的意见，这要求你必须具备敏锐的洞察力和谨小慎微的意识。在得到别人提出的意见后，你应该铭记在心，以免下次再遇到类似的问题时束手无策。你不妨对那些敢于提出意见的员工予以一定的奖励，以表示对他们敢于提出意见的行为的肯定，这样会让他们消除后顾之忧。比如，你的员工也许会因为这次购买设备而猜测你的真实意图是削减他们的薪水还是裁减员工。这种猜测并不是毫无根据的，你在计划进行之前就应该澄清一切。

以领导者的立场来说，最关心的自然是公司的利润和效率。依我所见，在保持现有增长率的情况下尽量裁减员工，想要做到这些，你首先要减少新聘员工的人数，然后调整员工的职务以实现现有资源的最大化。然而，因为最近的通货膨胀而导致的费用增加，以及员工因为开支增大而产生的加薪意愿会让公司增加负担。如果我们能提高生产效率，市场占有率自然也就随之提升，而员工的加薪愿望自然也能得以满足。

分歧是无从避免的。当公司内部发生意见分歧时，你必须保持沉着冷静并理智地解决问题。如果你希望通过一项决议，决定采用技工而不采用监工，那么作为上司的你就必须给监工一个圆满的答复，只有让所有人满意了才能提高员工的积极性。

资金的使用是效率化管理的重要因素之一。资金的使用直接关系着公司规模扩大的成功与否，因为流动资金是影响公司规模扩大的决定因素。因此，你对资金的使用态度必须是慎之又慎。在购买设备扩大公司的生产时，你更需要特别注意。在决定购买之前，你应该对多个生产机器的公司进行参考比较，然后选出最合适的一家公司以及该公司最适合生产力的型号，这就是所谓的“效率管理最大化”。请注意“适合”这个词语，比如我们的装罐机和贴标签机，一分钟只能完成二百个，如果你买了一分钟就能完成三百个的封罐机就是资源浪费了。所以，均衡生产线对效率的影响是极为重大的，希望你能够使生产线保持雪佛兰的流线型，而不是林肯牌的线条。

先进的设备是提高效率的前提条件，当你要购买某种机器的时候，最好先参观生产这些机器的工厂。你可以和技工、厂长一起参观，只有当你们所有的疑问全部得到解决了才能作出购买的决定。购买设备时，设备的折旧期限、零件购买的难易程度、经销商是否提供售后服务这些都是你要详细了解的方面。在这段期间，你应该和有关人员再三商量。他们的智慧和经验是不可忽视的，因为他们是这方面的行家。当然，在举行庆功宴的时候，他们也应当是座上客。

我知道，一个决策的好坏对公司效率的影响是显而易见的。新配设备试用之初，是见证你的决定是否正确的关键时刻。在这段时间内，你可以和全体员工一起对效果进行“评估”。当他们知道选择是对的，一定会为你作出的正确决策喝彩；相反，当他们听到我对你的责备时，也能猜得到其中的理由。毫无疑问，你应该为新添设备负起所有的责任，尽管员工们参与了你的决策。人都有一定的责任心，他们会主动感到内疚的，我无须责怪他们。这样做有一个好处，在下一次购买设备时，他们一定会提供给你最完善的资料。（因为他们自己会想：“被董事长当做傻瓜，一定要洗刷这种耻辱。”）

团队协作也是影响效率管理的一个因素。如何让员工积极地把智慧和经验充分地发挥出来，这种团队精神也是企业经营者经常考虑的问题。公司就好像球场上的一支球队，无论个人的表现多么优秀都不会是影响比赛结果的最大因素。比赛的最后结果到底鹿死谁手，其最大的影响因素是看谁充分发挥了团队精神使整个团队士气高昂。经营企业也是如此。

最后，我还想再说几句，效率管理不是呆板的教条，依葫芦画瓢是不会收到任何效果的，你必须掌握并加以灵活运用。要让周围所有人（包括我在内）全都感到满意，这几乎是不可能的事情。所以，只要在大体方向上没有出现问题，你就可以放手一搏。

爱你的父亲

约翰·皮尔庞特·摩根

家书延伸

在很多现代管理教材中，管理学者大多推崇一些深奥的道理或理念，而美国著名的直销专家玫琳凯·艾施女士则以其传奇的经历，彻底改变了这一理念。玫琳凯的经历证明，卓越的企业理念和管理思想，是在实践中总结出来的，可能十分简约直白，但却具有非凡的影响力和实践意义。

玫琳凯·艾施是一位成功的商业女性，更是当今世界为数不多的对世界商业形态产生重要影响的企业家。她不仅成功地建立了一个商业王国，开创了妇女发展自己和事业的新天地，最重要的是，她提出了一系列管理的思想和理论，其成就堪与同时代任何一位管理大师相媲美。

1963 年 9 月 13 日，一个被西方人称为“黑色星期五”的日子，玫琳凯租用了达拉斯的一个小小的店铺，面积只有四十六平方米，然而，这里却是玫琳凯实现梦想的地方。玫琳凯以自己的名字命名新公司，最初的职员只有她和儿子理查德，以及九名美容顾问，直销的化妆品来自于她从自己美容师手中买下的一种美容配方。

玫琳凯在创业之初就下决心，不仅要经营一份成功的事业，更要为广大妇女提供前所未有的经济独立、发展和成功的机会。为了更好地实现这一目标，她总结了一些亲身经历的管理思想。

玫琳凯认为，企业的成功和销售队伍的成功并不能通过弱肉强食的“丛林法则”来实现，恰好相反，这是需要通过关注他人的需求来实现的。你希望别人怎样对待你，你也需要怎样对待别人，这正是玫琳凯管理理念的“黄金法则”。在关注他人需求的“黄金法则”中，玫琳凯的管理思想呈现了许多闪光点。比如，赞美使他人成功，夹在两个赞美中间的“三明治”策略等。

在家庭和事业的问题上，玫琳凯坚持“信念第一、家庭第二、事业第三”，她将个人道德修养、理念信条作为人生第一要义，这和我国儒家思想中的“修身、齐家、治国、平天下”不谋而合。她的管理思想早已超越了书本上管理的观念，对生活、人际关系和价值观等现实的世俗世界产生了积极和深远的影响。

玫琳凯·艾施凭着自己坚定的决心、努力的工作以及无私的奉献精神将公司从一家小型的直销公司，发展成为年营业额达二十五亿美元、业务遍布世界 37 个国家及地区的全美最大的护肤品直销企业。

由于她的杰出成就，玫琳凯·艾施被视为当今世界最成功的女企业家之一，她本人也获得了商业社会的极高评价。美国《福布斯》杂志评选 200 年来 20 位全球企业界最具传奇色彩并获得巨大成功的人物时，将她与美国金融大亨摩根、汽车大王福特、石油大王洛克菲勒、软件大王比尔·盖茨等相提并论，成为其中唯一的女性。

玫琳凯的管理思想告诉人们，管理并不像很多人想的那样，需要建构非常专业、复杂的管理模型、数据分析，相反，在玫琳凯的管理世界中，管理是那么简约易懂，却又直指核心。德鲁克的管理思想与玫琳凯简约中透着深刻的管理理念有异曲同工之妙。德鲁克曾说："任何一种知识，只有当它能应用于实践，改变人们的生活时，这种知识才会有价值。"不同于学院派的管理学者，德鲁克的管理思想中处处体现着实践，也正因如此，他被誉为现代管理学之父。

家书点睛

卓越的管理思想，未必要多么复杂和高深；卓越的管理思想，也从来不会给自己设定任何有形或无形的门槛；卓越的管理思想，能够穿越时空羁绊，成为人类共享的、永远传承的宝贵精神财富。

明白幸福到底是什么

谨防那些美好的诱惑

家书原文

亲爱的小约翰：

当有一个赚钱的点子摆在我们面前时，我们往往可以在30分钟内详细列出所有的有利因素，而完全忽视那些不利因素。这样做的最终结果只有一个，长久的遗憾和悔恨。我不知道你对这件事的想法如何，我很担心你在这样的机会面前，会因为禁不住诱惑而以身犯险。

就拿你的朋友哈罗特为你提供的那个“美好”的赚钱机会来说，哈罗特和那几位朋友兴致勃勃地憧憬着赚钱的前景。他们“深思熟虑”，确信这项事业不管从哪一个角度来看，都一定能够获得成功。换句话说，他们认为那是一个万无一失的赚钱计划。据我所知，他之所以邀请你做他的生意合作伙伴，好像是因为看中了我们已经有所成就这一点。

在你高兴地计算投资这项事业将能获取数百万的暴利之前，让父亲先告诉你几件事，这也许可以帮助你避免造成难以计数的损失。

我并不想限制你充分发挥自己才干的机会，但是我不得不承认，一听到这件事，在我的脑海中最先浮现的就是我们家的财产。因为，当一个人在盘算新事业的阶段，往往都能够灵活地解决制造及销售方面的问题，但是到了筹措资金将计划付诸实际的时候，就伤透脑筋了。最后，还是得承认这是一个金钱万能的世界。

就算这项计划非常稳妥，有成功的把握，那么，如果要以灵魂去抵押数百万的资金，谁去经营这个事业呢？显然一定不是你，因为你并不具备经营那项特殊事业的技术和资格。况且，你如果把相当的精力和时间投注在其他的事业上，那么要提升我们公司的效率和扩大公司的利益就势必非常困难了。事实上，以你目前在企业界的经验来说，如果想脚踏两只船尚显不足，到那时我们公司的效率及利益恐怕有可能会降低了。

于是，在你们那家刚成立的公司尚无力雇佣干练的职业经理人的情况下，必然会由哈罗特掌权，你是怎么认为的呢？我想，哈罗特会利用你的金钱，而让你站在远处。假如哈罗特做任何事都毫无差错的话，这倒不失为一个很好的安排。只是，我并不认为会这样。

或许你投资十个像这样的事业，会有一个成功。然而，在你投资九项事业而倾家荡产之前，确定能找到一项成功的投资事业吗?

除了他们要你参加一项我们外行的事业外，哈罗特与那些工程学系出身的朋友们完全没有一点经营企业的经验。在这种事实下必须有第一次的合伙经验才能了解彼此的另一方面，这种代价也未免太大了。

人总是健忘的，他们永远也不会心存感激地想起你贡献的资金。

也许，你将成为四位共同经营者之一吧！那么你是出资人，哈罗特是董事长，查理负责销售，富莱特则负责生产。最初，四个人可能会奉献性地努力、全力以赴。只是，时日一久，四个人当中或许会有两个人于半途失去了奉献的意愿。即使是一项成功的事业，也可能会不可避免地发生这种情况。于是工作变得非常辛苦，每周忙碌七八十个小时的重担一旦压垮了某人或某人的妻子，结局的阴影便悄然而至了。

“查理那家伙每天花三小时享受二百美元的午餐之际，我还在此埋头苦干呢！”

“我今晚为什么要加班，他们不是在饮酒作乐吗？我所赚的每一块美金中，倒有 3/4 跑进了他们的腰包！”

紧接着，他们也开始对你不满：“为什么我们赚的一块美金要分他两毛五呢？他不是什么都没做吗？”

人总是健忘的。当初你为了使这家公司成立而贡献的资金，他们永远也不会心存感激地想起这档子事。因此，你将会很快地被合伙人问及“你现在到底为我们做了些什么”。

如果你执意参加他们这项合伙事业，我想我们必须按照程序做几件有助于减轻将来痛苦的事。目前，对你最为有利的，就是你了解他们诚实、聪明、勤勉的程度。依我之见，你最好与他们详谈前述所列举的否定因素。关于你所投资的经费，所做出的牺牲，以及必须长期忍受的无聊工作等现实问题，还要有心理准备遭受困难。

此外，对于共同事业股份的分配问题，也要认真地考虑。据我分析，哈罗特跟你平起平坐，至于查理和富莱特虽然有其重要性，毕竟不是扮演领导者的角色。而每一个人都希望自己能拥有或多或少的事业所有权，所以倒是有若干个使大家都称心如意的方法。哈罗特可能会赞成由你们两人拥有大多数股份的想法。比方说，与你平分 80% 的股份。到此为止，一切还不成问题，这时你应发挥一向就有的稳健作风，以免将来后悔莫及。你也必须告诉查理与富莱特，他们俩所持有的股份将各占 10%，在这个时候，绝没有谈论交情的余地。因为交情对于事业而言，无疑是一种破坏性的、不理智的因素。然后，将税前一年总盈余的 30% 分配给他们三人，换句话说，即一人得 10%，将对每一位合伙人产生两种刺激：一为持股；二为每年所支付的利益分配。

为了尽可能避免将来发生纠纷，你最好召集你的三位合伙人、会计师及律师，共同评估你每年所持有的股份。一旦将来有人对其他合伙人主张他所持的股份应具有更大的价值时，那么与此人解除合伙关系，将会与离婚一样麻烦。因此，为了预防将来有人卖掉自己的持股，必须规定每年都要进行例行的持股评估。这样，即使想要抽身而退，也能确知自己的财产状况。

关于这一点，我绝非“信口开河”，因为我很清楚，支撑那项事业的是你的资金，所以务必要选定会计师和律师为你主张。如此，你对于自己的资金及合伙人的资金，就能够作某种程度的掌控了。

你我共同经营的事业，目前正在勤勉和友爱中欣欣向荣地成长。最后，我想对你说“不入虎穴，焉得虎子”。

爱你的父亲

约翰·皮尔庞特·摩根

家书延伸

贪婪的人总是不明白一些简单的道理。比如，一群赌徒在一起赌博，大家的钱加在一起肯定是一个固定值，有输就会有赢，怎么可能大家都赢钱。可是，我们一定都曾在电视上或亲眼见到过赌徒在赌场中的情景，赢的人固然开怀大笑，输的人亦是顿足捶胸，但是不管是输是赢，总之是没有谁愿意轻易地离开。因为赢的人想赢得更多，输的人想翻回本钱。最后赢的人会输个精光，输的也只会输得更惨。

每个人都有欲望，但欲望与现实之间存在着巨大的差距，往往使人无法逾越。人生在世，功名利禄只是身外之物，只要我们努力地创造财富，真实地面对我们所拥有或将要拥有的一切，你会发现，能满足一个人的可以很多，也可以很少，区别只在于心境。

睿智的人懂得，功名利禄就好比过往云烟，名誉和财利只是装饰人们表面仪容的，善良或邪恶才是人们的真正面目，只有品德高尚、才学出众的贤人才能心念与行为相一致。如果世上的人们总是沉溺于漂浮的名声和空虚财利之中，谈话办事虽然循规蹈矩，但未必出于自己的真实心态，或者是为出名，或者是谋财利，又或者是作为饵料钓取捕猎自己想获取的东西。但那些为满足人们的需求，为社会进步去流血、去奋斗，是人生不断进取的本能和对善良的企盼，是通往幸福生活的阶梯，是正常且合理的欲望，不但无可非议，而且是我们应该鼓励和提倡的。但是，人对名誉和财利的种种欲念，其产生的根源相当久远，开始于人类的祖先时代，发生在天地刚刚开辟的年月，由此滋生出所有过失和差错的根苗，可以侵蚀一切善良的果实，因此，我们应当保持谨慎的态度，并对种种欲望有所限制。

总之，人的欲望不能过于强烈，对于一些不切实际的欲望我们应该学会克制自己。否则，任其泛滥就会铸成大错，就会使人沦为贪婪者，想拥有一切，想征服一切，结果往往是事与愿违。

家书点睛

人有追求是积极上进的表现，合理的欲望更是人性天然的一部分，虽然人的客观需要也是有限度的，但欲望却可以无限膨胀，当它超越了生命个体的客观限度，发展到无边无际时，也就违反了天然，恐怕只能落得迷惘和悲哀。

想奋斗，先得有个好身体

家书原文

亲爱的小约翰：

对于自身的身体状况，也许每个人都会犯这种毛病：在拥有健康时不知道珍惜，而当疾病缠身时却又悔之不及。人们总认为，拥有健康的身体是再平常不过的事情。因此忽略了对自己身体的珍视，许多人过度挥霍自己的健康，让自己的身体过度忙碌和疲乏，甚至受到伤害。我们虽然了解造物者赋予我们健全的身躯是为了给予我们灵便，但是我们却没有去真正重视它。

给我们的身体造成危害的，有多方面的行为，我们先讨论其中几个普遍的行为。在身体面临的一些重大危害中，抽烟行为对身体健康的影响是主要的。如果你在一个小时之内，有两到三次抽烟行为，那么尼古丁、焦油等有害物质就会很有规则地充塞到你的肺里和血管里，同时在城市生活中，你的肺还要忍受汽车的废气以及其他刺鼻污染性气体。在消化系统方面，进食过多如汉堡、点心、砂糖等高热量食物，就会引发健康状况。这些食物虽然可口，但是贪食过多，就会对身体形成负担。

我们担负了多余的二十磅体重，以心脏为主的循环系统，每天要分解香烟、洋芋片等食物，还要分解一打或半打的啤酒，甚至威士忌。同时，很多人的生活是这样：到了晚上，为了放松自己，往往还要抽上更多的香烟。虽然大多数人的生活习惯，并不像我说的那么极端。但服食过多的烟草、酒、大麻和咖啡因，无异于慢性自杀。据我个人观察，虽不是每个人都如此，但大多数人却时常做着前面几个项目中的三四种。

请耐心地听我说：虽然我们面临着生活带来的众多压力，但是自有人类以来压力就存在于人们的日常生活中，构成了生活的要素。压力并不是一种新鲜事物，早在洞穴里居住的原始人就面临着生存的压力，他们为了生存必须要用棍棒驱逐猛兽，而且他们许多人都会面临一个更加严峻的考验——饿死。现在，科学家把压力当做是一种疾病来加以系统性地研究，这一研究的确立者是汉斯·西里佛斯博士。他认为人的疾病大多是由压力引起的，固然适当的压力对身心机能有着不可或缺的作用，但更大程度上，压力是我们身体健康的最大威胁。

在普遍为大家接受的现实社会中，追求健康的确是一件不容易的事情。维持健康的生活习惯必须具有强大的自制能力，这就是要加强自己的思想意识，杜绝不良习惯。我希望你在年轻时就能重视这件事。据说，某一保险公司在探索长寿的原因（为调整保险费支付计划而做的调查）时，对多个百岁以上的老人进行调查，他们发现一个基本的原则：工作游戏都适可而止。这些老人长寿的原因在于他们很清楚这一点，做任何事都不能过度。每个人都要面对不同程度的压力，重要的是自己如何去抵抗，甚至将它加以引导从而转化成动力。如果你也有这样的想法，可以尝试每天坚持做几分钟的基本练习动作来放松自己。当然，寻求专门解决压力问题的心理学者的帮助，也不失为减轻压力的好方法。

对于一个问题，如果能调动休眠的脑力，你自然容易找到轻松解决问题的办法。要达到这种效果，你必须让自己处于一个松弛的状态。你必须摒除杂念，让自己的头脑恢复稳定性，然后再去处理问题，并且一次只处理一个问题。也就是说，你必须以一个最平静的状态去处理问题，随时让头脑保持冷静。与肝脏、心脏、肺等器在过度工作不同，我们的大脑总是很少有保持运作的工作状态。在这种情形下，大的功能逐渐退化。但是如果脑细胞不断被运用，不但脑力可以因此增强，而且在缓和紧张的情绪压力方面，你也会得到强有力的支援。

松弛可以让自己进入冷静而又充满活力的状态，沉思、冥想、肌肉松弛、自我催等几种方法就是很好的证明。找出最适合自己的方法加以练习，并做一种长期的训练。以一种沉着的、有冥想的感觉，发现能使你的头脑保持宁静的最好方法。如果能做到这些，不论有多少的问题，你都可以作出正确的估计。

对于个人的精神倾向，每个人都有自由选择的权利。你要用怎样一种态度去度过你的人生，用何种方式去生活，这完全可以由你自己决定。我想你有三种选择方法：

1. 无视自己的精神压力。

2. 面对压力空白叹息。

3. 面对压力作出适当的决策。

具体要如何选择，这是你的自由。

你不但有自我决定的自由，从责任方面讲，你还有自我决定的义务。是接受还是回避，你都有权自我决定。但是，我想给你提出一些建议作为参考。按照我以往的经验判断，在这个世界上，愿意接受责任的人比不肯接受责任的人过得幸福。与其说不肯接受责任的人在过自己的生活，倒不如说他们是在生活中艰难地蹒跚。

为什么我会产生这样一种想法呢？随着年龄的增长以及经验积累到一定的程度，到那个时候你自然会明白这一点，人不能只为了自己活着。班杰门·迪士利曾说："国民的健康才是国民幸福及一切力量的基础。"我个人认为健康是一切幸福的基础。职员要在我们的事业里发挥他们的能力，他必须先具备健康的体质。

基于上述理由，我劝你多参加关于压力的研究会，如果你听从了我的建议而采取行动，说不定可以节省你二十年的身体损耗！麦那兹斯说过："健康和知识是我们在这世上得到的两种恩惠。"你能像麦那兹斯那样关心自己的健康，或者对自己的健康有那种意识吗？

缓解压力，简单有效的办法就是，你把自认为比较理想的特质写下来，然后每天去读它，去研究如何让自己拥有那些特质。我想，你所写出来的特质应该包括幽默、忍耐、挑战性、自信、品行高雅、责任感、挺身而出的勇气、精神上的丰富，因为这些特质能够深深地吸引住我。

紧张是一种习惯，放松也是一种习惯，我们要的就是克服坏习惯、养成好习惯。如何才能做到放松呢？并不是说从意识开始，真正的放松应该从你的肌肉开始，这是我在有关专著里了解到的。具体该怎么做呢？我告诉你：先从眼睛开始，把头向后靠，闭起你的眼睛，然后默默对自己说：放松、放松，不要紧张、不要皱眉头，放松、放松……如此重复，再重复。

让自己松弛下来，让自己的头脑冷静下来，用平静的心态循序解决问题，你会收到惊喜的效果。像要钓鱼时，往往要离开人群去一个宁静的湖边。在最后，我还有一个减压的好办法，就是限制自己的工作时间和数量，同样你也能收到很好的效果。

过自己健康和自由的生活，你会觉得称王的快乐也不过如此。

爱你的父亲
约翰·皮尔庞特·摩根

家书延伸

身体是革命的本钱，也是一切成功必备的要素，没有健康的身心，就不可能有充足的精力抓住机遇，成就自己的一番作为。特别是在新的经济环境形势下，人们生活、工作的节奏越来越快，人们的生活方式在日益多样化的同时，压力和挑战也越来越大。很多人的身体状况都处在一个亚健康的状态。

因此，要想获得成功，还要注意身体，注重增强自身的体质，多加锻炼。健康欠佳无形中就会减弱你做事的能力和效率。因为，在做事或朝着一个目标前进的过程中，需要你付出足够的精力，而身体状况欠佳，你就很难保持旺盛的生命力，很难去把事情做好、做到位。此外，身体健康状况不佳也会在一定程度上影响到你的心理，使你的心理也呈现出一种病态。

一切成就，一切财富，都始于健康的身心。没有健康的身心，其他的一切都无从谈起，更别说要抓住机遇。因为机遇的获得需要我们付出加倍的努力，所以，没有健康的体魄，机遇就会像遥不可及的梦。想要牢牢地抓住机遇，就要使自己拥有健康的体魄。

家书点睛

想要成就大事，实现自己的理想和目标，首先就要有一个健康的身心。否则，即使是拥有雄心壮志，也是心有余而力不足，难以兑现。所以，健康是成就理想的第一要务，没有健康其他的一切都会是镜花水月。

珍惜你终身难忘的知己

家书原文

亲爱的小约翰：

在交友方面，我有很多话想对你说，因为朋友给你带来的影响非常巨大，甚至关系到你的事业成就。从偶然的相遇到结成正式的友谊，在此过程中，我们之所以想要与对方成为朋友，是因为被对方的某种特质所吸引，这是人的特性。与毫无吸引力的人培养友谊，天下再没有比这更令人感觉无聊乏味的事情，懊恼的挫折感也必定会随之而来。最麻烦的是，一个毫无吸引力的人想要和你交朋友，尽管你对他毫无兴趣，但是你又不能不用友好的态度去对待他。如果他真挚地想和你做朋友，这表示他可能被你身上的某些特质所吸引，因此想亲近你。所以你千万不要责怪那个真心想和你成为朋友的人，也别责怪他的行为不够高明或者毫无趣味，其实他只不过是试图成为你亲密的朋友而已。

友谊从互相了解中开始。人与人之间有三大关系：第一是夫妻关系；第二是与子女的关系。与自己的子女和谐相处是非常重要的，我希望你将来能处理好和子女的友谊，我相信你也应该能做好；第三是你和父母以及你的姻亲之间的关系。这个世界上，有许多人丧失了由血缘关系或者婚姻关系建立的友谊，这是人极大的悲剧。这种最亲密、最宝贵的友谊是需要经常培养的，对家人以外的友谊更需要如此。

从某一个角度看，友谊和事业两者之间密不可分，相互影响，但是换一个角度看，可能两者毫无瓜葛。因为友谊往往隐藏在“金钱”中而使得关系复杂。在企业界，你会遇到各式各样的人，换句话说，你将会接触到属于你那个社会中具有代表性的人：职员、客户、进货商、交易对象、政府官员，还有其他工作范围以外的人，如邻居、教友、店员、俱乐部的会员、汽车修护人员以及钓鱼时的伙伴等。你将和无数人打交道，虽然其中大部分不一定会成为你的密友，但是在某种程度上，大家仍然算是朋友。

有人说：“一天不结交新朋友，就等于减少了一天的生命。”我认为这句话很有道理。建立友谊的方式有很多。假设我们和某人第一次见面，经过打招呼、聊天后产生友谊，从“我们哪天一起吃午饭好吗！”的话语中开始互相交往。如果你缺少与之交往的诚意，那么就不要随便招呼你的朋友，因为如果你不付诸实际行动，你将会被视为肤浅和虚伪的人。交朋友是一件非常有益的事情，圣人对此具有独特的见解。中国的孔子曾说：“无友不如己者。”他身边没有一个不如他的朋友。他主要是想说明，我们应当去结交那些思想和道德水平与我们相近甚至是超过我们的人，与这种人成为朋友才能让我们得到进步。因为这种道德高尚的朋友，他们的言行举止会对我们起到引导作用，通过潜移默化，我们会向真善美的方向发展，因而逐渐摒弃人类自身具有的自私、粗鄙、胆怯等弱点。

如果你能得到自己所仰慕和尊敬的人的善意接受，他给予你同样的尊敬和喜爱并引为知己，这无疑会增强你的自信心和生活趣味。世界上最令人感到高兴的事情莫过于三五个知心好友欢聚一堂。

在日常生活里，我们经常运用到的智慧仅占所有智慧的一小部分，而大部分潜在能力仍在休眠状态等待开发。唯有与才气焕发的友人互相交谈，才能刺激我们的智慧，从而使我们的人生更加光辉灿烂。你也可以尝试着开发自己的内在潜力，通过多读书、多交朋友，你可以达到你想要的目的。

在人生中，你遭遇到的事情有值得高兴的，而可悲之事也在所难免。

我们周身时刻都围满了人，但是能够与之分享喜悦、分担痛苦的人却少之又少，能够与之坦诚分享与分担的人也就只有我们最亲密的朋友。威廉·欧斯拉特有一句至理名言，他说："青年人在追求幸福的历程中，友谊的帮助是不可缺少的一环。"

根据我个人多年的观察，对于朋友，我有一个看法：可与之共患难的朋友不少，但能与之共享成功的朋友却不多。所以，我认为知己就是为你的成功感到由衷高兴的人，并且能够时常鼓励你：你做得太棒了！再尝试一次吧！只要你有决心就一定会成功的！人与人在交往过程中，真正的友谊往往在一方成功而另一方失败的情况下得以真实体现。无论是多么亲密的友谊，哪怕是婚姻关系，也常常因为无法忍受一方成功而另一方失败的考验而导致崩溃，更别说那些泛泛之交了。

选择作为朋友的最佳对象，往往是那些有良好的性格、良好的伦理道德观念、廉耻心、幽默感、勇气和自信心的人。这种人是大家竞相追逐想要引为知己的人，但是成功的几率却非常渺茫。知己难寻，如果在一生能遇到四五个知己，那么你无疑是得到了老天的垂爱，即使在这五个知己当中，你失去了一两位，仍算是非常幸运的。

怎样才能维持长久而稳固的友谊呢？其实这并没有一个绝对正确的答案，但是按照我个人的经验来说，大部分的所谓知己朋友，他们都有相似的好恶，在性格方面具有诚实、忠诚、讲求信用、重视社会生活的基础等共通性。我认为真正稳固的友谊是建立在宽阔的心胸之上，能诚恳地依赖、分享、施与、接受彼此的喜怒哀乐。真正的朋友能够做到互相帮助，当朋友有烦恼时，能适时地给予同情；当朋友犯错误时，能给予适当的规劝；此外亦能在适当的时机，给予朋友鼓励和称赞。如果能做到互帮互助，即使有一方喜欢古典音乐而另一方却喜好爵士音乐这种情况存在，也不会对他们的友谊有任何的影响。总之，知己难求，应该好好珍惜。

就像鲜花需要雨露的滋润一样，友谊也需要用真情的雨露去灌溉。为了维持良好的友谊关系，你需要抽出一些时间，伸出温暖的双手给你的朋友以体贴和关心。只要你充满真情，即便是一个非常小的举动也能表达你无限的关怀，哪怕是一个简单的电话问候，或者是一次短暂的倾谈。为了避免友谊变质、变坏，你需要用心呵护。总之，友谊需要保养，就像牧场的栅栏需要时常留心一样，否则珍贵的友谊将会因为你的疏忽而丧失殆尽。

在这个复杂纷繁的世界，你不可能一个人孤立无助地生活下去。这个世界也到处生充满了机智幽默、令人愉快的家伙，是值得你去寻找的伙伴。你要清楚，只有不断去结交优秀的朋友，你的人生才能丰富多彩。

中国的孔子有一句话："君子和而不同。"朋友之间，不一定非要保持观点一致，好朋友也往往会出现思想分歧，即便是同一个人他也有思想矛盾的时候。在我和朋友们谈到有关人生的问题之时，我们之间常常是观点相左，但是这丝毫不会影响我们的情绪，我们从来就不会因此感到不愉快。这样看来，在结交朋友时，观点是否一致并不是重要因素，关键在于你是否尊重对方的想法。此外，你也可以在结交新朋友的时候和他们讨论并交换心得，从而激活你的思想，提高你的人生价值观，丰富你的人生。

在人的一生中，必定会遇到几位令我们终生难忘的知己。在你得意的时候，你可以向他们炫耀你的成功；在你失意的时候，你可以向他们倾诉你的烦恼；当然你需要时，他们会适时地出现在你身边。我希望你尽可能地珍惜这份友谊，虽然你已经拥有工作伙伴、家人以及自己的嗜好。但是当你在落魄沮丧时，只有朋友才可以安慰你；当你在做重大决定时，唯有朋友可以适时地给你鼓励。

在家里，我虽然是你的父亲，但在工作和学习中，我希望你能够把我当做你的知己、同事，你会得意地向我炫耀你的成绩，也会向我倾诉失意时的烦恼。

爱你的父亲

约翰·皮尔庞特·摩根

家书延伸

个人在世上总少不了有几个朋友，俗话说得好："在家靠父母，出门靠朋友。"父母不可能时刻陪着自己，因此，一个人在外边闯世界就需要有几个知心朋友的支持。朋友在一个人的一生中起着举足轻重的作用，结交一个好的朋友会对自己的人生大有裨益，能够扩大胸怀、陶冶情操，而一个坏的朋友则会给自己带来诸多麻烦，甚至走上邪恶的道路，故而在选择朋友时不可不慎重。

孔子非常重视朋友的作用，他在《论语》中提出了一个交友的原则。孔子认为，有益的朋友有三种，有害的朋友有三种。为了个人的发展，要多结交有益的朋友，远离有害的朋友。

孔子认为，与以下三种人交朋友是有益的。

第一种，友直。就是说要结交一种为人正直的朋友。这种朋友刚直不阿、正气凛然、胸怀坦荡、疾恶扬善，为人真实不虚伪。第二种，友谅。谅的意思是诚信，就是说多结交诚实守信的朋友。与这样的朋友交往，精神能得到一种净化和升华。第三种，友多闻。这种朋友见多识广、学识渊博、世事人情、洞察透彻，可以为师，可以为友。和这种朋友交往，能不断地扩大自己的视野，增长自己的见识，拥有一个见多识广的朋友，能够在自己困惑迷茫的时候给予指点，在自己犹豫不决的时候给予选择。

孔老夫子在说明要多结交这三种益友的同时，又说有三种坏朋友，即"损者三友"，是要远离的朋友。

第一种是友便辟。这种朋友只会溜须拍马、阿谀奉承，好像墙头草一般，风往哪边吹，他就往哪边倒。第二种叫友善柔。这种朋友过于优柔寡断，做事没有主见，难以成大事。第三种叫友便佞。便佞，指的就是言过其实、夸夸其谈的人。这种朋友天生只会耍嘴皮子，似乎天文地理、世情百态没有他不知道的，嘴里的大道理一套接一套，可是除了这一张嘴外，其他的什么都没有。

孔夫子说这三种人会给个人的发展带来很大的麻烦，因此是要尽量避开的。

人在一生之中能够结交到真的知己是一件幸事，古时候的管仲就是因为结交了鲍叔牙这样开明的朋友才得以扬名天下的，而他们之间的故事也流传千古，被人们津津乐道。

孩子从小到大，会结交无数的朋友。孩童时代，有一起摸爬滚打的朋友；上学之后，又会结交一批相互探讨学问的朋友；进入社会之后，又有在事业上彼此照顾的朋友。家长要鼓励孩子多多结交朋友，结交一些对孩子有益的朋友。对于那些带有恶习的朋友，家长则要坚决杜绝孩子与其往来，因为孩童时期是一个人人格发育最重要的时期，这个时期如果结交了一些不良的朋友，会影响孩子的一生。

家书点睛

人生在世，谁都会有朋友。但有的是狐朋狗友，只知道在你风光时阿谀奉承；而有些是真正的朋友，也许在你最光鲜亮丽时不会对你说多么好听的话语，但在你最需要的他的时候，他永远会毫无怨言地伸出手。如果我们的人生能够遇到这样的朋友，一定要懂得好好珍惜，朋友易求，知己难得，能够雪中送炭的知己更是难能可贵。

明天的世界将是你们的世界

家书原文

亲爱的小约翰：

谢谢你对我的挽留，但是我很遗憾地告诉你，我是时候该退休了，现在是你在全面管理企业上大展拳脚的时候了。谁都有自尊心，我也不能例外，因此你的挽留让我感到非常高兴。我今后将以职员的身份留在公司，表面上仍然参与一些公司管理。我知道你挽留我是出于好意，但是就目前的长期计划来看，我认为你的挽留并不是一个好主意。

公司完全交给你来打理，这对你来说，无疑是巨大的压力和责任。在如何让公司继续稳步发展这个问题上，不能有半点掉以轻心。有许多继承家族事业的人在经营过程中，因为他们某些愚笨的决策，让他们的企业陷入穷途末路。之所以把企业带入绝境，是因为他们通常会犯两个致命错误。

第一个致命错误是他们骄横跋扈，总是目空一切，或者好高骛远，总以为自己的企业能够长生不死。人最悲惨的情景莫过于拄着拐杖蹒跚而行，连今天是星期几都不知道，却还自以为是最有才能的人。

家族企业的创始人因为对继承人的管理能力放心不下，所以一直把持着手中的权杖，迟迟不肯交给他的继承人。对于继承人所作出的决策，他也总是指手画脚，原本一个好的计划也很有可能因为他的一番纠缠而弄得一塌糊涂。两个人不可能有相同的思想，一旦两人争夺领导权，下场将惨不忍睹。这是他们通常犯的第二个致命弱点。

其实，很多家族企业确实选出了极具才华的继承人，但是却没有给他们成长的机会。最终家族企业陷入困境，甚至完全毁败，其原因跟这有极大的关联。我现在卸下全部权利，由你全权管理企业，目的就在于避免重蹈他们的覆辙。我们必须努力把艰辛建立起来的基业留给下一代，接着是第三代、第四代……

关于我退休一事，这完全是出于对我们企业前途的考虑。企业的发展必须依靠先进的管理理念以及创新手段来实现，也只有这样才能够更稳定地推动企业的发展和壮大。你是我的继承人，这个地位的获得虽然多少得到一点亲友的扶持，但更大程度上是靠你自己的努力争取到的。我不打算对你的工作再妄加评论（我也不希望这种记载出现在我的墓碑上。随着退休日子的临近，我更在乎这点），你在每一方面都是第一流人物。现在正是你多年努力后，收获成果的日子。这些年来，我费心尽力地让你养成独立自主的个性，现在看来它已经成为了你生活的一部分。如果现在我还在你的身边一再监督催促并指手画脚，那么你也将没有一显身手的机会了，这岂不是枉费了我这么些年来的心血吗？

在我退休之前，我已经在你身边安置了一些有关金融、法律和财政的专门人才来做你的左右手。当你陷入困境时，他们在每个领域以收费的方式给你提供一些建设性的意见，或者当你需要做出更好的成绩时，你也可以向他们请教一些相关看法。他们对你施以援手，并不是为了确保收入，而是为公司的成长献出个人的一片关心。因此，你必须协调好与他们之间的关系，因为他们关系着公司的发展。如果你真的在乎他们和几位外援董事，他们将成为你的保护者甚至是监护人。我确信，只要你能调动他们的积极性，不管在什么糟糕的情况下，他们都会用自己卓越的才能、丰富的经验指导帮助你渡过难关。而如何运用这个无价的支援团队，就全看你自己的了。如果得不到他们的帮助，不必去问水晶球你也要有这种警惕：小心财务方面的损失！因失去他们的援助而产生的损失，可能比我预料的还要惨重。

我之所以要把领导权交付给你，理由其实很简单：在不久之后的某个早晨，你醒来后发现我已长眠不起。从那天起，你不仅要照顾好自己的家庭，还要立即挑起整个公司的重担。比起等到那一天，还不如现在就有所准备。因此，现在你就必须做好心理准备去承担来自各方面的压力。比如，在最初的一年，公司就会面临危机。那时每个人都会猜想："大老板死了，公司未来会变得如何呢？"而且那些与我们有往来的银行家、客户、你的朋友，甚至是敌人，都会擦亮眼睛等着看你的举动。我们的公司，结合了各种利害关系：银行担心他们的贷款，职员关心他们的工作，客户重视商品及服务的品质等。在这个关键时刻，你只要稍有疏忽就可能导致公司的重要干部另谋新职。银行家们也会变得神经敏感，虽然不至于因为我的死而收回贷款，但绝对有可能降低贷款金额。

在经营管理中，千万不要盲目自信，但也不能一直畏畏缩缩的。当公司上下需要你的自信来鼓舞士气时，你一定要巧妙而恰当地展示你的自信。而且你还要让你的经营方式灵活化，不能让你的客户以及竞争对手一眼就洞穿你的经营策略。如果在我死后，你能向关注你的人说出这样的话，那么我将感到十分欣慰："父亲的离开，是我个人最悲哀的事（你会这么说吧），但是对公司的事业不会有任何影响，公司还是会一如既往地稳步发展下去。父亲在这十年来（如果我够幸运，或许你能说近二十年来），很少过问公司的事情，一直在打理公司的人是我。当各位听到家父逝世的消息时，在表示沉痛哀悼的同时，对于企业发展也大可放心了。"

至于如何管理我们的公司，我已经讲了很多。我只是希望你能够靠自己的幽默和勤奋来经营公司，让它更茁壮。我们以后还会有私下交谈的机会，话题大概无外乎宗教、政治等方面的问题，至于如何经营和管理，我想我绝不会再有所谈及。另外，在今后的社交场合上，我总会碰到认识你的朋友，他们一定会详细地告诉我有关你的工作情况。已经有许多亲戚朋友对你说过："你很像你父亲！"或许有一天，他们会引用艾德蒙·巴克的话："不仅是像父亲，简直是一模一样！"我不知道你听了会有何感受，但我可一定会乐坏了。

为什么现在我就要把奋斗多年的事业全部转交给你呢？第一个原因，你的母亲在这20年里只享受过两次寒假，而我正打算改写这个纪录！第二个原因，那个几乎快被遗忘的花圃需要我更多的照料，一个园艺家也得经常表现一下他不凡的眼光！第三个原因，北边的湖里有许多鱼儿游来游去，正等着我去把它们钓上来；天上则有好几只雷鸟，正盘旋着寻找合适的窝！感到庆幸的是我的旅行生涯还没有结束，这个美丽的国家正等着我去一睹风采。别担心！我会带一位副驾驶一起去，不过这位副手为了不希望失去客户，只好让位给我了。

最后，还有五十二本我一直想看，却没有腾出时间去看的书，其中还不包括那套十册的《文明的故事》。我一定要利用以后的闲暇时间，把它们全部读完。以前没有研究过的有关历史及哲学的重要问题，现在开始着手还不算太迟。如此一来，我就能够好好享受人生了。

还有一件事，希望是最后要说的话。我曾经说过非常多的格言，现在已记不清即将说的这条算是第几条："就像遵守宴会礼节一样，可别忘了也要遵守人生的礼节。当佳肴传到你面前时，伸出手，好好等待它的到来。佳肴如此，对于孩子、妻子、地位、财富也是一样。"

写下这些话的人是艾皮梯多斯，他是公元120年左右的人。或许他七十年的生涯花在做学问和教育上，而七十年沉淀出来的几句完美表达人生的话，怎能不发人深省呢？

我不相信灵魂转世。但是，如果真有这回事，我希望把我送回来做你的小约翰。有你这样的父亲，一定会有精彩的人生（可以在我的墓碑上刻下这些）。

给你全部的爱！

爱你的父亲

约翰·皮尔庞特·摩根

家书延伸

随着我国生产力的提高和生活水平的改善，很多家长都说"决不让孩子过一天苦日子"，于是孩子要什么给什么，殊不知这就是典型的"矫枉过正"。

表面上看来，家长是满足了孩子，但是也埋下了隐患。长期的大手大脚容易让孩子养成奢侈浪费的恶习。古语云，“成由勤俭败由奢”，这不仅仅是一句话，这是几千年来前人总结出来的经验，家长应当认识到浪费对孩子的危害性，以及提倡节俭的必要性。

墨子一向提倡节俭，严重反对铺张浪费。针对当时就已经极为盛行的骄奢淫逸、炫富比阔之风，墨子在《辞过》里说：圣王缝制衣服，只是为了让身体舒适、肌肤暖和，而不是为了显示华贵，向人们炫耀。而现在有的人不是这样，他们在做衣服时，极尽奢华之能事，用黄金铸带钩，用珠玉做环佩，这些并不是增加衣服的温暖之实，而是耗费资财，耗尽民力，为民众增添了无尽的负担。他还说：“节俭则昌，淫佚则亡。”意思是说，节俭度日，合理用财，慢慢地就能昌盛起来；而一味地铺张浪费，必定会遭到灭亡。

历史上有很多例子可以佐证这句话。明末，李自成的大顺王朝昙花一现，亡于腐化变质。李自成初进北京时对百姓秋毫无犯，纪律严明。到后来便放任自流，“兵丁斩门而入，掳金银，淫妇女，民始苦之，每至夜皆然”。李自成入宫，即唤梨园数十人侍奉。失民心者失天下，与其说李自成是后来被吴三桂勾结清军击败，退出北京，不如说是失了民心，才导致他最终的败亡。

曾经有人对那些空虚无聊、悲观厌世的人作过一个统计，看看这种人之中有多少是生活豪奢无度之人，多少是贫困勤俭之人。结论或许令你感到惊讶和意外，因为百分之九十都是前者。诸葛亮说过：“静以修身，俭以养德。”因此，提倡节俭度日，能够少些彼此间的攀比和虚荣心，能够丰富人们的精神世界，对人们的身心健康非常有利。

让孩子养成节俭的习惯，对孩子的健康成长会产生非常大的影响。节俭能够锻炼人吃苦耐劳、坚韧不拔的意志，节俭能够让孩子懂得来之不易的道理，会倍加珍惜，节俭能够体察他人的疾苦，培养对他人的爱心，有助于形成健康的人格，培养优良的品质，能提高孩子的精神境界。假如父母无限度地满足孩子的要求，让孩子自小就养成好逸恶劳、花钱大手大脚、铺张浪费的习惯，就有可能让孩子成为一个让父母悔恨不已的“败家子”。其实，物质条件越是优厚，越要注意对孩子节俭品质的培养，我们看看发达国家是怎样训练孩子节俭意识的。

一些西方发达国家一直注重培养孩子勤奋节俭的品质。据国际儿童机构的统计，世界各国儿童中，美国儿童干家务活是最多的，时间也是最长的，平均每天1.2小时以上，父母们让孩子从小参与家务劳动，让孩子体会其中的不易，培养孩子懂得节俭、懂得珍惜的好品质。儿童教育学家中岛博士通过一系列研究表明，让孩子干一些家务活，能够让他们有尽可能多的机会通过视觉、听觉、触觉和味觉接受外界的各种刺激，这些刺激信息传入大脑，便可形成智能，发展孩子的动作、语言和技能等。韩国很多学校注重培养孩子热爱农民、珍惜粮食的意识，有些学校里竖着汉字条幅“农者天下之大本”。在德国的法律中，明文规定了不同年龄的孩子应当在家帮助父母亲完成什么样的家务活；另外，德国还兴起了一项活动——参观工厂，家长在带孩子外出旅游时喜欢同孩子一道到工厂去，了解生产的过程、资源的开发与节约，特别是了解生活用品是怎样生产出来的，这样既能让孩子开阔视野，又培养了他们劳动生产、勤俭节约的意识和品德。

家书点睛

要想让孩子以后的生活过得好，一代比一代生活更好，那培养孩子节俭的概念就必不可少。培养孩子节俭的品质是一个长期的过程，靠的是恒心和长期的坚持。家长要当好孩子的第一任老师，不仅要对孩子进行节俭教育，还要在日常生活中做好榜样，感染孩子，引导孩子走好人生的每一步。

懂赚钱，更需懂得什么是幸福

家书原文

亲爱的小约翰：

幸福是什么？你提出的这个问题，我花了一辈子的时间也没能找到答案。对于这个问题，我想每个人都有不同的看法。弗洛伊德说："幸福由快乐构成。"阿多拉说："幸福来自对权力的追逐。"对于这个问题，我认为威克达·依·法兰克尔的阐释非常准确。他曾写了一本关于精神医学的书，我从中得到了很多启发。他在这本书中给幸福下了一个全新的定义。

当然，对于幸福的理解，每个人都有自己独特的一套看法，这很正常。就好像面对困难时，每个人采取的处理方式千差万别一样。这其中的道理，我想与每个人的心态以及个人心理的塑造有很大的关系。自由意识对一个人的心理塑造，具有重大影响。当别人提出某种要求时，你可以选择欣然接受，也可以予以回绝；在面对人生的挑战时，你有大发牢骚并一逃了之的自由，你也可以说服自己迎难而上。如果你的选择明智的话，那么你就可以塑造一个良好的心态，而你获得成功的几率也就相对较大。

法兰克尔博士在其著作《医师和心志》一书中，对于幸福做了很明确的说明。他把幸福定义为成就感。如果你仔细体味的话，一定会对这种说法表示赞同。因此，想要获得幸福，就必须给自己制定目标，因为达成目标后的成就感才是幸福的源泉。

在此过程中，人不免会碰到诸多困难。战胜困难除了要具备面对困难的勇气和积极健康的人生价值观以外，良好的心理素质也不可或缺。良好的心态不仅可以让你坦然地面对困难，同时还能让你明白更多的人生哲理。事实的确如此，你的心态若能稳健成长，你就会体验到人生应有的责任感，成功自然也随之而来。

关于责任感，法兰克尔博士最具代表性的解释即是“人存在的基础”。责任感能够激发人的热情，使人发挥自身的创造力。根据我的观察，责任感越强的人，生活越充实。有些人在面对挑战时，因为害怕尝试失败的苦果而裹足不前。人应该坦然面对成功与失败，只有这样，你才能塑造一个健康的心态和积极向上的人生价值观，也只有这样，你才能一步步地更靠近成功。在这里，我想提醒你：那些跌倒了再爬起来的人，远胜过那些因为害怕跌倒而畏缩不前的人。因为，人生本来就是由一连串的“跌倒”与“爬起”构成的，如果你一味逃避失败，那也就是在逃避人生。

不向困难妥协是成就事业的一个先决条件。要证明这一点并不困难，在伟人传记中我们就可以发现，那些取得伟大成就的人绝不会向恶劣的环境低头。在他们心中有一个指引方向的罗盘——责任感，在面临抉择时，责任感往往会给他们指出正确的方向。每次读到他们一路披荆斩棘、战胜重重困难的经历，我都会为他们百折不挠的精神感到由衷的敬佩。西尼卡说：“达到伟大这座高峰，需要经历许多艰难险阻。”这条艰险的道路，至今仍然没有改变。当走在崎岖的人生道路上，你只有抱定勇往直前的决心才能到达成功的高峰。

战胜困难不仅能够证明自己的能力，而且能让自己领会许多人生真谛。一味逃避困难，正是许多年轻人终究无法明白人生价值的真正原因。当然除此之外，他们还缺乏目标，没有为之努力奋斗的目标，因此也就无从体会成功后的喜悦。于是，他们的才能在畏惧和茫然中渐渐消失。也许有一天，当他们面对镜子时，会说出菲特烈·赫贝尔曾经说过的话：“现实生活中的我，似乎再也不可能成为镜中完美的我。”

由于生活水平的提高，吃苦精神在这个时代日渐式微，牢骚满腹、好逸恶劳成了现代人的主要精神面貌。当然这种不良现象并非在近代才出现的，早在古代的罗马就曾经出现过。但是，吃苦和生活水平的提高并不矛盾，不吃苦并不是生活水平提高了的标志，这一点无可置疑。如果大众对自己进行心性教化并按照自己的自由意识去承担责任等方面彻底实施，只有当这些成为生活中的一部分时，才能体会到人生的价值和存在的意义。

人类在进化的过程，是不断战胜困难而赢得生存的过程。令人遗憾的是，现代人缺乏古人那种战斗精神，我们大多数人都没有为了生存而进行勇敢战斗的精神，取而代之的是妥协和逃避的姿态。他们把自己藏身在社会福利制度、教会、朋友的庇护下，或是借毒品和酒精来麻痹自己。这样的心态在困难面前毫无反击的能力，再加上他们缺乏成功或是失败的经历，因此连克服困难的勇气也无从培养，他们往往只能坐以待毙。

人的命运掌握在自己的手里，换句话说，解除困难的决心操纵在自己手里。最终的命运如何，全凭自己选择。无论人们承认与否，这都是无法改变的事实。如果你想成就美好的人生，那么就要用积极的心态去面对和战胜困难，此外别无他法。值得一提的是，还有一类非常可悲的人，他们为了满足现实生活中无法达成的目标，而沉溺在虚构的小说中。毫无疑问，要想获得成功，就应该以无畏险阻的精神面对挑战、迎难而上，拍着胸脯对自己说：“大丈夫当如此！”这才是一条明智的道路。

世界上没有不劳而获的事情，至于你生而具备健康的身体，以及幸福的家庭，那是另一回事。幸福绝不可能从天而降，幸福也不会只建立在物质基础上。正如法兰克尔博士所言：“要享受幸福，就必须订立目标。”只要你尽力做好所制定的每一件事，哪怕是像打扫庭院这样的小事，你也能感到幸福。因此幸福可以来自任何地方：比如学习骑车、在校成绩优良、和朋友相处愉快、驾驶私人轿车等。

的确如此，幸福的感觉大多来源于成就感。因为只有实现了伟大的目标，你才能感觉到自豪。比如，你的祖父每天都制订生活的计划，并且按计划努力完成每天的工作。因此，他始终过着很有成就感的生活。在他 80 岁的生日时，我问起他的健康状况，他说：“只要每天早上一睁开眼睛，有一些事情等着他去完成的话，他就会过得健康快乐（这就是他的人生目标）。”自从他迈向八十五岁，需要他做的事急剧减少，所以他的身体状况也大不如前了。

人生在世，不如意的事情十有八九。但只有战胜这些不如意的事情，实现自己制定的目标，人生才会有意义。因此，不管遇到任何挫折你都要一往无前地走下去。唯有如此，你才能深刻地体验人生的意义，品尝幸福的果实。

每个人对幸福的理解不同，在我眼里，幸福就在完成计划的那一刹那降临。为了完成工作，你必须抱有责任感去选择你的工作态度。人生的价值不在于时间的长短，而在于其所完成的事业。有的人活了将近一个世纪，到头来仍是一场空。幸福并非来自生命的过程，而是来自你对生活所抱持的态度。

爱你的父亲

约翰·皮尔庞特·摩根

家书延伸

人的一生或多或少都会经历一些坎坷和不幸，这是必然的现象，谁都无法逃避。生老病死、家庭不睦、邻里纠纷、亲朋反目、下岗失业……痛苦，是人生乐章中的一个音符，它使歌曲抑扬顿挫；痛苦，是饭桌上别具风味的一道菜，使你尝尽酸甜苦辣咸；痛苦，又像是你血管中的“栓塞”，如不及时清理疏通，就会危及你的健康甚至生命。痛苦与幸福相斥，人的内心如果被过去的过错和痛苦填满，便没有了接受幸福的空间。学会忘记，是心宽者明智的选择。学会忘记，才有更多的空间容纳幸福。

纪伯伦曾经说过这样一句话：“忘记是自由的一种形式。”忘记既定的事实和痛苦，才能让自己抬头向前，继续前行。

人们在生活中常常可以轻而易举地放下自己曾经取得的成绩和荣耀，但要忘记曾经的痛楚是不容易的。唐山大地震后的幸存者中，就有一些人至今还对黑暗、对饥饿充满恐惧，入睡前他们要亮着灯、拼命吃东西才能缓解心中的压力。达克顿曾说过："除了双目失明，我可以忍受任何痛苦。"可当他60多岁真正失明时，发现自己原来也是可以承受这种痛苦的。因为他把失明的痛苦忘记了，凭借着美丽的心灵生活下去。

生命本来就是脆弱的，本不该背负那么多沉重的东西。既定的痛苦在生命面前永远都是微不足道的。所以，在经历过大苦大难后，让未来幸福快乐才是最主要的。因此我们要学会忘记痛苦。

每个人都会经历人生中的高峰和低谷，但其实，人生大多数是由低谷形成的，快乐感和幸福就好比人生中的巅峰一样，而在它们周围更多的是坎坷崎岖。遭遇忧伤时，痛苦在所难免，就看你如何看待了。达·芬奇曾经说过："不经受巨大的痛苦就得不到完美的才能。"由此可见，痛苦和完美是并存的，痛苦虽然躲避不了，但却可以忘怀。

痛苦总与幸福唱反调，如果内心充满痛苦，就没有了接受幸福的空间。学会忘记，是心宽者明智的选择；学会忘记，才有更多的空间容纳幸福。

家书点睛

文人达克顿这样说过，"没有宝贵的财富，还有珍贵的爱情；没有珍贵的爱情，还有美妙的青春；没有美妙的青春，还有健美的身体；没有健美的身体，还有纯净的心灵……"如果一直沉浸在既定的事实中痛苦，这样做的后果会使我们的生活"贬值"。生活是美好的，对着曾经的痛苦挥手说声再见，来个华丽的转身，这样才能找到真正的幸福。